因为孤独的缘故

蒋勋 著

长江出版传媒
长江文艺出版社

目录

推荐序

在小说中立地成“魔”

张小虹

第一次听蒋勋上美学课，挤在台大都计室（现在城乡所的前身）狭长的教室里，他侃侃而谈江南园林框中有框的建筑美感，还牢牢记得，在那放着幻灯片的暗黑教室里，流转着蒋勋特有的抑扬顿挫，醇厚迷人。

讲美学时的蒋勋，总是做足了功课，在思想体系中灌注人文感性，不时透露的，又是温柔敦厚的底蕴与涵养。

后来才读到蒋勋的诗，当然又是另外一番风景，高亢与低回处，浓烈酝酿着人道主义式的悲悯与关怀。如果美学的蒋勋智慧圆融，诗人的蒋勋挥泪高歌，那小说家的蒋勋就有我们想象不到的犀利与泼辣，机智与幽默。如果不同的文类开展出不同的创作自我，那在美学与诗中修行的蒋勋，却是在小说的文字世界里立地成“魔”。

所以别被《因为孤独的缘故》这个看似有点温柔浪漫的书名所蒙蔽，这里收录的短篇小说，篇篇都会让你坐立难安，因为它们有着生鲜凶猛的世俗性，用悬疑如推理小说般的叙事结构，夹杂政治嘲讽与黑色幽默，用最正经八百的语言，说最荒诞不经的故事。不论是解严前后台湾社会的光怪陆离，也不论是对人性伪善或身体欲望的鞭辟入里，蒋勋收放自如、点到止处，却总已针针见血。

当然我们不能说这是后现代，后现代（Hou-Xian-Dai或厚腺带）早已在蒋勋小说的后设形式里被嘲弄得体无完肤了，即使小说中最令我们拍案叫绝的，往往正是那“高蹈”与“通俗”的杂糅，像猪脚博士振振有词地要用法兰克福学派理论验证童年经验一般，让真与伪、善与恶、严肃与诙谐，总突如其来地擦肩而过。

那让我们姑且称之为偏执岛屿的城市寓言，一个颓丧而又败德、极度拥挤却重度寂寞的城市，一种日常生活碎片化、人际网络变形化的寓言。在蒋勋小说的文本时空中，世俗性分崩离析，意义失重，随处漂流，却又绝不用任何预设的道德教条或人际规范加以匡救。蒋勋作为小说家的那个部分很顽强，不给解答，拒绝系统，放弃救赎，任由作为读者的我们，在无意义的碎片飘浮中载沉载浮，猛一抬头，瞥见瞬间人性真实的刹那，而感到无比无比的错愕、惊慌。

一、截体断肢的怪诞嘉年华

解严前后的台湾，看似社会动荡、乱象丛生，却也总是伴随着庞大充沛的动量与热力，爆裂、冲撞、变形、重组。在蒋勋的小说中，这种嘉年华式的魔幻，透过身体部位的局部放大与夸张，呈现有如特写镜头下，妄想偏执而又异常冷酷的近距离凝视。而肢解的身体部位，始终悬宕于有机体／无机体、完整／碎裂、人种／动物的暧昧之中，成为一种残酷怪诞的身体隐喻，无所安存。

像《妇人明月的手指》，情节随文字的节奏一路紧凑推展，从银行出来遇见抢匪的妇人，拉扯中被砍下的九根手指，就黏在厚叠的钞票上任由抢匪一并带走。而当丢了钱也丢了手指的妇人被带到警局，强调电脑办案的警员仔仔细细比对的，竟是遗失手指上蔻丹的颜色。这种夸张荒谬的黑色无厘头，既超现实（surreal）（现实与梦幻的不可分）又超真实（hyperreak)（现实与再现的不可分），竟把都市丛林中的冷漠与疏离，铺陈得如此司空见惯，却又如此不可置信。

像《猪脚厚腺带体类说》，更是一则精彩绝伦的政治／种族／性别寓言的小“蹄”大做。一边是自陈遭受艺术迫害的铜雕家，发动“一只猪脚守卫战”的静坐示威，一边是自剖猪脚情结的留德生物学博士，将想像世界的完美，幻想成与污秽母体切离后洁净如玉的猪蹄。蒋勋甘冒大不韪，将“本土文化的精致化”比作万镇猪脚上模仿德国猪脚的红色蝴蝶结，俏皮流行之余，更令人“蹄”笑皆非。然而小说中拍案叫绝的幽默嘲讽钻到了底，竟反转成最是不可言说的惊怖意象／异象，“那一夜，他梦列自己回到了万镇，在许多巨大的白色猪脚中，用巨大的镊子一根一根拔去猪脚上的毛。月亮圆而且大，发白，猪脚也像月亮一样，白而且大，一堆一堆，堆列天上去。”超现实的猪脚，配上潜意识的月亮，最是熟悉处，却有最阴森最不对劲最毛骨悚然的恐怖。

又如在《安那其的头发》中，思想与头发分家、理性与欲望分裂、信仰与肉体分离，献身运动的女学生叶子，唯有靠着“恋物化”（fetishize）学生领袖在月色中如瀑布之水的美丽头发，才能暂时缝合分家、分裂、分离的身与心，直到某一天真相大白，学生领袖头上顶的竟是伪造的假发。以学生运动中的性别矛盾出发，蒋勋成功地开展了一场无政府主义的青春躁动狂想曲，由头发的物质性，抽丝剥茧到意识形态的缠斗，既嘲笑理想的高谈阔论，也嘲笑对高谈阔论理想的嘲笑。留头不留发、留发不留头的时代早已远扬，现在是虚无主义的无发／法无天，绝顶的革命热情。

二、测不准的情欲曲线

然而作为小说家的蒋勋似乎从未真正动怒，他一派气定神闲“伪伪”道来，将目睹的十年怪现状，用一个接着一个的怪诞身体寓言，堆叠出岛屿分崩离析的碎片残骸，一个拒绝体系拒绝整合的寓言，一个没有解答没有谜底的寓言，就像每篇小说的开放结尾一样，没有人知道台湾同胞的舌根有何奥秘，没有人知道领袖为何光顾万镇猪脚，没有人知道山头为何有一座游泳池，没有人知道儿童为何会失踪，也没有人知道鹦鹉为何会热死，不知道不是因为神秘故弄玄虚，不知道是因为意义的断裂与符号的漂流，让小说在精准的叙事结构与巧置的情节发展中，满布意义内爆、魂飞魄散的隙缝。

同理可推，蒋勋的小说在身体感官、情欲流动的处理上，一样飘忽暧昧，一样测不准。《热死鹦鹉》一反《魂断威尼斯》式老年男子对青春男体的迷恋，描写医科学士助理对教授医师的“畸形爱慕”。教授医师稀疏而灰白的头发，被当成表征“理性、冷静、客观、智慧”的恋物，而学士助理自己青春健美的身体，则透过他内化了的“医学凝视”一一呈显，“他细数两排隐约在胸肌下面的肋骨。他觉得自己的手指仿佛可以是闪着冷冷的金属光的解剖刀，一一划开了深褐的皮肤，一一张开了肌理复杂的组织，把看来纠缠不清的筋脉、皮肤一一归类清楚之后，更展现了如玉石或象牙一般有着优美弧度的略微弯曲的一根根肋骨。”情欲的想象肢解肉体，在血肉模糊处，峰回路转又一春。

这种暧昧来自于以科学偷渡自恋，以解剖学暗藏春色，在客观理性的医学护航之下，连自慰射精都一般理直气壮。这种暧昧也出现在蒋勋小说的情欲世界里的永恒三角，男—男—女的纠葛缠缚。像新作《救生员的最后一个夏天》里大学生 Ming 的父亲，要与男友赴荷兰办理同性恋结婚，并坚持对 Ming 母亲的爱也是唯一，而婉拒任何“同性恋”与“异性恋”的分类标签。小说里不分族群的爱，也是充满不分伦常的欲望逾越，既恋父又恋母还恋自己恋救生员的Ming，不也用“医学凝视”大胆窥视救生员阿星横跨在铝架上的身体，“因为用力，小腿的肌肉，膝盖的关节，足踝以及踏在梯子横杠上的脚掌都显出力量，像从解剖学的书上看到的状态”，更忍不住用爱欲的眼光，不时摩挲着阿星那浅棕色调泛着金黄光泽的皮肤。

然而对身体欲望，蒋勋是有话要说的，但却也往往欲言又止。不是遮掩藏闪，而是留出情欲的空白，让想象游走逃逸，让刻板僵化的道德判断暂时怯步，也让我们反身窥见对异己他者、对异类情欲的好奇投射。《因为孤独的缘故》写中年家庭主妇的无奈，也写男性退休小学教师的空虚。人皆有癖，主妇暗自以窃听公寓邻居动态为乐，刘老师独自将成千上万洋娃娃截肢断体的残骸，一一收纳于房中的黑色木柜。但当城市中的儿童开始大量无缘无故失踪时，爱孩子的刘老师就顺理成章地成了恋童癖的嫌疑犯。小说既不循传统道德对恋童癖的挞伐，也不谋对恋童癖的翻案讴歌，小说以叙事观点的局限性（以主妇为第一人称叙述者）与无可跨越的距离感，突显出理解的不可能（从未进入刘老师内心世界的描写）。如果孤独来自距离，那这一切的不可解，遂化作公寓楼梯间若有似无、氤氲不散的气味，“近于肉类或蔬菜在冬天慢慢萎缩变黄脱水的气味”，由刘老师的身上与住处汩汩流溢。

而新作《羊毛》则是更为彻底地放弃写实场景的时空框架，以符咒谶语与图腾部落的意象，让人体感官的色感、触觉与嗅觉爆裂到极限。羊毛毡有如母体子宫的胞衣，将战士生死爱恨的所有生命躁动，衷覆吸纳。羊毛毡是身体记忆的无尽海域，交叠着屠杀献祭的人兽亡灵。羊毛毡最后纠缠出的，更是欲望裂变的伤口，让性与死亡的象征猛暴叠合，让死亡刹那的剧痛与亢奋，攀升有如交媾中的高潮迭起。于是你死我活的战场杀戮，有了你侬我侬的爱欲想象，男男的对立，成为男男的交拥，利剑成为阳具的譬喻，血与精液的交融。《羊毛》的反战与恋战，《羊毛》的阳刚与阴柔，《羊毛》的亢起与颓靡，都成了情欲海域的生死浮沉。

从象征到符号，从隐喻列到转喻，蒋勋小说中层层叠叠的文字迷宫，没有出口，却有对现实人世最犀利的洞察，观风观火，眼冷心热。如果美学与诗的文字修行来自悲悯与关爱，那蒋勋小说中的文字劫难，则是舍升华而就沉沦，弃神性而从魔性，摩顶放踵于丑怪与荒诞、扭曲与变形的未明。

——此文为台湾版《因为孤独的缘故》序言

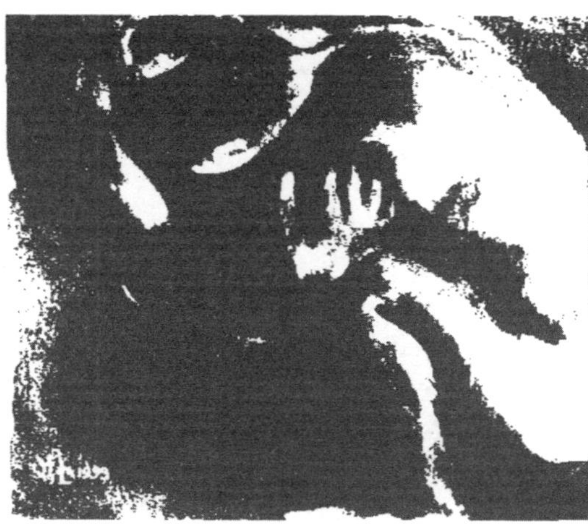

我很想知道，那刚刚斩断的头颅，

在骨肉分裂，血如泉涌的刹那，

是否还在思考着什么？

代序

一只头颅

我看见一只头颅滚过去，就前去追逐了。

并没有任何理由使我知道这只头颅与我的关系。

一九九三年一月廿一日下午四时廿六分，我的车驶过P市的C广场。群众嗡集在广场四周。

司机告诉我是为了纪念F国最后一个国王路易在这里被砍掉头颅的二百周年纪念。

一七九三年一月廿一日——我这样推算了一下。

看到群众中有肃穆的保皇党，他们大声控诉革命的暴戾以及对路易国王的野蛮处决。他们甚至邀集了F国当今最负盛名的大法官，重审二百年前的刑案，并且得到了“无罪”的判决。

那么，历史是应当重新再来一次的吗？如同拍坏的电影，如同结构错误的曲式，如同我不断修改的小说和书，如同我爱恋你的方式（总是一错再错！）——

留下了错综复杂的修改的痕迹，改了又改，都是修正的痕迹，连最初的草图都被掩盖，最初的动机也不清楚了。

但是N. J，就在保皇党团体的另外一边，极左派的工人革命组织也有一群人在示威。

他们展示了许多十八世纪后期路易屠杀群众的画作。路易被处理成一名嗜杀嗜血的屠夫。

他们捶胸顿足，他们仍然义愤填膺地为二百年前死难的阶级兄弟申诉冤屈。

我从P市经过。我看到广场上群众的垂泣或露齿微笑。

历史使我悚然。

我很想知道，那刚刚斩断的头颅，在骨肉分裂，血如泉涌的刹那，是否还在思考着什么？

N. J，我多么想告诉你，站在那断头台的顶端，那高度使我从来没有经验过一名君王的自负与荣耀。

不是恐惧，绝对不是的。

我在登基的时候，看到一群一群脸色惨白的人们走进宫殿大厅，他们都是我的亲戚，但他们都惨白如鬼，那时，我是恐惧的。

但是，广场上竖立起的木制断头台，真正像一座君王盛典中的宝座。它那么高，在一月，你知道，凛冽的寒冬中，远处是灰色浓厚的云块，我甚至还听到广场南侧 S 河潺潺的水声，在群众的喧哗中依然遵守从来不变的方向，一直流去，流去……

我以帝王的尊贵与典雅走上那一级一级的高梯。群众安静了下来。他们有人用在歌剧院中观赏女伶细部的望远镜观察我脸上的表情。

我颔首微笑向他们示意。

我看到他们颤抖了。甚至在前几日审判中最尖锐蛮横的群众头目，也霎时间灰白了脸，呆呆看着面前死亡的高台上那最后的君王的自负，尊贵与荣耀。

人判决了另一个人的死亡，同时也就判决了自己的死亡。

我用最缓慢的速度走上我死亡的高台，我要让那速度慢到足以在历史上留下痕迹。我要让人们体验自己走向死亡的过程，从充满了怖惧、孤独、伤痛、冤屈，到逐渐发现，一旦你膝盖的关节不再颤抖，连带的，你就会重新找到有力的大腿，有力的臀骨，有力的腰，以及挺直好看的脊椎和肩膀。

最重要的是颈子，当然。

不要忘了颈子是要承担巨大的刀片划过的地方。它最柔细，如同伟大的天神宙斯转化成天鹅的形貌去与美女们交会。你看过，伟大的绘画或雕刻中的宙斯，从最阳刚巨大的天神转成颈部柔软如水的天鹅，他依偎在女子胸前、腿股间，他知道只有颈子是真正能够超越猥亵和淫荡的。

因此，当一名临终的君王要向热爱他的群众颔首示意时，他就必须充分知道颈部旋转中可能传达的眷恋、告别、一点点孤独以及悲悯。

群众都要昏厥了。

群众们只有在推翻了君王之后，才有机会看到自己的愚蠢、贪婪、软弱与虚伪。

N · J，你不要误以为我在为那些脸色惨白的如鬼域中的亲族们辩护。

不，绝不，他们是理应从权力中被驱逐的。他们并不知道什么叫贵族的荣耀。他们在屁股上装起鲸鱼骨制的裙绷，把裙子撑得圆鼓鼓时，他们不知道贵族真正的含义并不在臀部。

然而，多么难理解的事啊！

在一个孤独的城市中，一群一群的人走过，彼此微笑、争吵、互助或杀伐。他们的目的都是为了一个更好的城市的秩序。

他们说“民主”“自由”，他们说许许多多与城市未来有关的制度与道德，关于女子不再以下体营生，关于男子与男子相爱的可能，关于城市如何避免外来的侵略，关于人们富有起来以后欲望的疏导，关于在更多城市角落少数族群被抑压的痛苦——

当一只头颅被高空滑下的巨大刀斧砍断，这颗头颅和那些尚留在头上的转动自如的头颅，都还有思考的余地吗？

N. J，你一定猜想不到，其实我才是这个城市革命行动的主谋。

是的，一次彻头彻尾的革命。

比攻陷领袖的办公室（多么小儿科），比在街头上用鸡蛋投掷阁员，比散布组阁者在美国豢养男妓的谣言，比——比砍掉一个君王的头颅——都更是一场天翻地覆的革命。

N. J，我亲爱的，我一定要带领你参与这样一场大革命。

如同罗马的尼禄王以焚烧整个罗马城作为他艺术创作的巅峰。

是的，在华丽的歌剧院含泪聆听大胖子帕瓦罗蒂唱“奥赛罗”的那些混混，哪里能够体会尼禄王在歌声中看城市毁灭的壮观雄伟。

我们的美学在逐渐腐败堕落之中。

我们的美学在庸俗的商人谋划与大学伪善的中产阶级交相引导下已毫无生命的活力。

你相信那些谈着各种人生指导方针的人不在私自的角落手淫以求自慰吗?

因此，我偷偷地告诉你，我的革命正是要瓦解掉这城市累积了数千年的伪善。

不，绝不是“批判”，把这样令人作呕的字眼留给那些自命为文化理论的学者和妖娇女记者们在交媾时去讨论吧!

我说的是“瓦解”与“颠覆”。

如同普鲁斯特说的：“我爱贵族与工人。”

中产阶级是最不可能革命的，他们也从不会想到要颠覆自己或瓦解自己。

普鲁斯特热恋他的车夫，你想，社会学家会关心那件同性恋的丑闻中是否有阶级瓦解的颠覆性历史主题呢?

但是，我的革命中当然也包含了养坏中产阶级。“养坏”——注意，使他们吃得更胖，使他们更贪得无厌，使他们手指肥圆，满面油光地颐指气使，使他们在穿着衣饰上更粗糙难看，使他们的别庄充斥着昂贵而又毫无文化品质的垃圾……

他们将是我颠覆这城市中最精彩的艺术品。因此，千万不要误会，我一点都不仇视他们，相反的，我热爱他们，我知道有一天我将和他们一起在这座城市中毁灭，瓦解我自己，颠覆我自己，我要看到真正新阶级的自我完成，如同 M 君在上世纪的期待。

因此，你说，我是不是一个真正的革命者呢？

我以普鲁斯特说的贵族和工人融合成新阶级的优美品质。

我将试着焚烧这个城市，在火光中淬炼它成美丽的艺术品。

然而，我知道，我还要更细密地瓦解我自己，我还要更彻底地颠覆我自己。

在我的头颅从高高的台上滚落地面时，N. J，我看到这城市在孤独中开始有了一点点高贵的品格。

而因为孤独的缘故，人们曾彼此靠近，彼此安静下来聆听别人的心事。因为孤独的缘故，他们有比较沉着洁净的面容，彼此在依靠中温暖对方。

那时，遗落在这城市任何一个角落的我的头颅，仍会记念着你，记念着你年轻美丽的身体，你如阳光般灿烂的笑容，你奔跑如马的速度，你沉酣时如婴儿的眉宇，以及你思考时略带忧愁的神气……

N. J，我当然是因为你才热爱这个城市的。

我想拥抱你，但我已没有了躯体，我只有用一只砍断的头颅努力在这城市的孤独中思索拥抱的意义，思索那在虚空中挣扎着想要拥抱的意念，然而——我却没有了躯体，没有了手脚。

热死鹦鹉

因为鹦鹉是没有思想的，

它只是模仿这个城市中流行的一个词语而已。

天气到最炎热的时候，那只平时聒噪饶舌口吐人语的鹦鹉忽然昏倒了。它被人发现摔倒在木制的支架旁，全身一阵痉挛抽搐。发现的人正试图施以急救，不幸鹦鹉发出了最后三个清晰的人语之后，从此就僵毙不动了。

鹦鹉在多少度的高温下会昏倒休克死去？目前生物医学界引起了热门的研究和讨论。

“这种属羽种的生物，一般说来是耐炎热的。”A 医师擦拭着额上的汗水，有些不解地摇摇头。

“而且——”他仔细观察鹦鹉的胁翅，尝试把它们拉开。但是，似乎肌肉已经僵硬，A 医师不敢用力太重，试了几下便放弃了。

“而且”，他于是在诊断记录上写着，“羽类生物在极度炎热时会张开双翅，使翅翼下的皮肤产生排热的功能。但是，这只鹦鹉在昏死休克之前，它的双翅是夹紧的。依据牵动双翅的肌腱显示，它丝毫没有借扑扑扇双翅来减低身体热度的迹象。”

“C'est bizarre！”

写完记录，A 医师似乎有点疲倦地靠在椅背上。

“C'est bizarr！”他喃喃自语着。

A 医师早年留学法国，恰好是孔德实证论流行于生物研究界的四十年代。在多次临床经验中遇到不可解的难题，他就不自主地陷入沉思，喃喃着一两句法国人的口头禅。

他的助手 K 正站在椅背后方。K 茫然地望着那已经僵死然而依旧羽色鲜艳的鹦鹉的尸体。

“可以把身上的颜色夸张成这样，真是一个爱炫耀的家伙。”K 这样想。

但，事实上，比彩色的鹦鹉更吸引着 K 的注意力的是 A 医师那已经有点稀疏了的灰白的头发。

显然，年轻的 K 是暗自爱恋着 A 医师的。

K 在大学医学院读书时是 A 医师的学生，以后分发实习也一直担任 A 医师的助手。他被 A 医师缜密认真的研究态度及永远温和不急躁的表情所吸引，产生了爱慕。

这种从世俗角度看来可能畸形的爱慕，当然曾经困扰过年轻的 K，有过自责、深重的罪恶与羞耻的挣扎；也借着和美丽娇憨的杏子来往，试图转移自己性的倾向。

但是作为一名医学研究的科学工作者，他深受 A 医师理性思考的影响，以为任何混搅着情绪和主观臆想的行为在科学研究上都是发现真理的障碍。

“罪恶与羞耻，甚至自责吧，都对科学的研究于事无补。至于美丽的杏子呢？她也只是逃避真实自我的一个牺牲品吧。”K在日记上这样写着。他也尝试用修习过的精神心理学一类的方法来分析自己，诸如他的早年丧父，母亲个性强悍，这种母子独居的结果是否产生了他对父爱的渴望与性的交错而投射在A医师的身上呢?

尝试用自己学习的专业来解剖内在纠缠不清的心理世界，K努力使自己保持高度的客观与冷静，细细地检查每一个在自己成长中可能被找到的相关的具体事实。他的这种训练显然来自A医师。A医师无论在教学的理论分析或临床研究上一向不放过任何一个细节。他常常重复的一句话是：“知识使人有判断力，可是，知识通常也构成偏见。检查偏见的最好方法还是回到事实本身。”

K在检查自己时便不时在脑海中浮起A医师的这句话。

“但是，什么是‘事实本身’呢？”

K躺在白色的床单上。他那因为喜好游泳而晒得黑褐深色的身体完全赤裸着。

他从视线可以俯看到的胸部开始检查。他也用手抚触从颈部到肩膀的弧度。有些地方松弛柔软以及有些地方显然因为运动而膨胀紧张、富有弹性。肩部到臀部有着特别凸起的浑圆而且结构清楚的肌肉的脉络。

他细数两排隐约在胸肌下面的肋骨。他觉得自己的手指仿佛可以是闪着冷冷的金属光的解剖刀，一一划开了深褐色的皮肤，一一张开了肌理复杂的组织，把看来纠缠不清的筋脉、皮肤一一归类清楚之后，便展现了如玉石或象牙一般有着优美弧度的略微弯曲的一根根肋骨。

“‘优美’二字也许是违反‘事实本身’的。”K 有一点顽皮地这样想，“A 医师会不赞同的吧。”

“展现了有细微弯曲弧度的肋骨。”他修正了自己的叙述。

被肋骨包围的体腔是一个如灯笼结构的空间。用脊椎和两排对称弯曲的肋条做成支架，支架上再包覆着均匀的肌肉和皮肤。这一个精细完成的空间，是为了保护和容纳几件珍贵而且脆弱的器官。肺叶在这里呼吸，心脏像一个泵，牵动着血液的循环，胃在蠕动，肝和胆仿佛沉睡着，但是又像是静静的港湾，呼应着潮汐的涨退。

“那是一个何其幽深安静然而又充满着律动机能的密闭的空间啊！”K 想起了那在解剖时埋首于尸体的体腔内的荒谬之感，那在幽暗的、停止了一切机能的体腔内闪着冷冷的金属之光的刀背、刀刃和刀锋。那个不再为了燃亮灯火的灯笼、空空的却又仍然幽深的框架，却任凭金属刀锋的冷光来去自如。

“我只是一个不可救药的滥情者吧！”K 这样自嘲着。他发现几天在海边的度假，不仅使他全身皮肤晒成了深褐色，他也远远离开了 A 医师那理性的科学的缜密程度。他检查自己有关人体体腔与灯笼的譬喻，立刻发现其中充斥着情绪和主观的臆想。

“呵！呵！”有一次 A 医师这样笑着说，“写诗的部分和你做一名医学研究者的部分不相冲突吗？”

A 医师在报纸副刊上看到一首 K 新近题名为《沙丘》的诗作，难得地离开了工作的主题，回头半询问半调侃地看了一下腼腆的K。

K 羞赧地笑了。他仿佛觉得 A 医师发现了那隐秘多年的自己的爱慕。心跳的速度和忽然热起来的耳根使他第一次感觉着秘密被窥探时的恐惧和期待。想去遮掩这个秘密和想去揭露这个秘密的愿望都同样强烈。

但是，A 医师并没有继续这短促的询问。他随后又回到研究中去，埋首于那棘手的有关鹦鹉热死的难题。

K 则把被 A 医师随手弃置的报纸副刊偷偷折叠起来，悄悄地放进工作服的大口袋中。他从站立的位置可以俯瞰到 A 医师稀疏而灰白的头发，“理性、冷静、客观、智慧，一个被最好的人文教养训练成的学者。”助手 K 不知是赞美或是无奈地轻轻叹了口气。

A 医师灰白单一的头发和鹦鹉死尸鲜艳炫耀的多色彩形成强烈的对比。

“一个研究者，一个是被研究者。”助手 K 无端地这样想。他忽然对这只鹦鹉发生了厌烦之感。“一只平时聒噪饶舌的鹦鹉，它从来没有过自己的声音，只是重复着人类的语言。”助手 K 也不知道自己服务的这家兼带生物研究的医院为何如此热衷于鹦鹉之死，而 A 医师更是废寝忘食埋首于这项研究。

“为什么你们不追踪有关鹦鹉死前说的三个字是哪三个字呢？”杏子因为在报社做了记者，介入了鹦鹉的采访已有一段时日。她其实不太了解 A 医师过于专业化的分析，并且基于报社的要求，这条新闻尽量要以耸动的方式处理，便常常提出一些她觉得比较关键的推理疑点。

“不，杏子——”K 向她解释，“鹦鹉并没有‘说’那‘三个字’，它只是发出了三个声音——”

“那有什么不同，你只是玩文字游戏。”杏子蹲俯在床上裸露着小小的乳房。

“不，杏子，这是不同的。鹦鹉只是模仿发声，可是，这些发声的符号对它没有意义，并不是语言。语言是用发声来表达思想和情感。所以，鹦鹉只是模仿人类发出了三个声音。”

“哎哟！都不知道你们在说什么——”

杏子娇憨地抱怨着。她是一个健康的女子，思想单纯，但是胴体美丽。她十分善用属于女性部分的特征，诸如撒娇、妩媚、惹人怜爱……等等。她也本能地直觉着K对她的情感周到体贴中少着什么，她说不清楚，但是她也并不想深究，对于她而言，和一个身高一百七十八公分、医学院学生，写诗的K在一起，似乎是一个可以满意的事情。至于在性的交往中，K的时而异常冷漠或时而异常暴虐的狂野，她虽然不解，也只是以为是世界上诸多不可解的事之一，没有理由，甚至反可以解释为是K的独特“个性”而满意地接受呢！

K对杏子则有许多的抱歉之感。他觉得在杏子的胴体和A医师的白发覆盖的头脑之间没有相对等的东西。

他在白色的床单上俯看自己的裸体时也只是觉得两排肋条围拢的空间那么像一个空洞的灯笼的框架。

“那么，肋条以下为什么是那么薄弱的部分呢？”

K 浏览着胸肋以下显然平扁下去的腰腹。失去了骨骼框架的撑持，腰部像隆起的沙丘忽然斜缓下来。围绕着肚脐的四周，有细密如沙的腹肌的纹理汇聚着，好像沙被和缓的风吹散，均匀地布置成起伏平均的线条。细密的体毛也像沙，极有秩序地旋转着，在风的不同的吹向中汇聚成浓密的草的丘阜，而在那浓密中沉睡着不可思议的男性。

“我的身体——”K 这样想，“我的身体，如果在实验室的解剖台上一一分解了，除了可以证明的毛发、骨骼、肌肉、皮肤、一些碳水化合物的组合之外，还有什么其他的东西吗？”

他看着自己在白色布匹上深褐色的身体，因为年轻和运动，保持着肌肉的饱满，每一条肌腱的走向都十分清楚，每一条肌腱的膨胀收缩都牵动着另一条肌腱。K 想象着医师拿着讲义站在他的面前。

“我对他而言也是一具可供研究的身体吧。”

K 以近于淫猥的心情看着 A 医师。他抚爱着自己从胸肌到腹部那平缓细致起伏如沙丘的身体。他抚触那沙粒的细密、灼烫，感觉那沙与草交织的秩序，以及在那浓密的草的丘阜中逐渐苏醒起来的男性，昂扬而愤怒地回顾着。

“这也是‘事实本身’吧！”

K有点委屈地这样想。

作为一名认真的科学的见习生，他却以性欲亵渎来自于A医师长年影响他的理性、冷静、客观。他的肉体上的亢奋混合着羞耻与罪恶。他的背叛不是对A医师本身的，而是觉得背叛了科学，“背叛了那个叫作孔德的家伙的实证主义吧。”他颓丧于自己的亢奋和纯然生理上的骚乱。他如此清楚地知道那亢奋只是几条充血而膨胀乃至坚挺的海绵体的机能反应，而那颤动的从高潮到迷狂到虚空一片的变化也都可以放在解剖台上一一分析为“事实本身”的吧。

“这都是‘事实本身’。”

他静静望着深褐色的身体上有一些发着亮光的液体，仿佛在暗黑的大地上流淌的水的反光。

“那是一点分泌物。”他这样想。

“眼泪，或者汗，都是分泌物。鼻涕、尿、精液、唾液，从人体的不同部位排泄出的分泌物有不同的名称。一般说来，人类习惯于把不同的人体分泌物界定为道德上不同的归属和象征，例如，眼泪是怜悯、悲哀、痛苦——或者，一种复杂的喜悦，好像‘喜极而泣’吧。眼泪这种分泌物似乎是人类最高贵的分泌物。杏子说，我在做爱时会流泪，她说，好几次她的脸颊碰到冰冷的泪水，使她因为疼爱而更拥抱紧我的身体。”

“可是，杏子，除了泪之外，其他的分泌物呢？”

“汗代表着炎热、运动、劳累，或者发烧……”

“尿呢？似乎没有人喜欢尿这种分泌物，它只是肮脏的排泄物吧！鼻涕和唾液也都不干净。”

“只有精液，似乎是最难归类的分泌物。在道德的界定上它可以从神圣到猥亵，从庄严到下流，从最精神到最肉欲，它极洁净，又极污秽。”

那安静地流淌在褐色大地上一条蜿蜒的水的反光，诗人的K和科学工作者的K一同看望着。他觉得在诗和科学的领域都没有找到有关精液的归属。只是，在显微镜下看过那成千上万的精虫的蠕动，使他在那安静地流淌中看到了生命本质的骚动。盲目的、绝望的，然而又努力求活的千千万万只精虫，在不可能生殖的情况下惊人地游动亢奋着。

“它们的绝望真是动人！”他在极度自慰后的颓丧中这样告诉自己。“人在道德上的努力也经常只是一种精神上的自慰吧。怜悯、悲哀、痛苦、猥亵，或者爱，只是不同名称的精神上的分泌物而已吗？”

K在度假归来以后，发现A医师的实验室的门紧紧关闭着。K站在门口犹疑了一会儿。看看手表，这个时间A医师是从来不曾缺席的。杏子从极远的广场的另一边跑来，还带着报社的摄影记者，高高举着那装备着镁光灯和自动胶片马达的器械。

K忽然明白了，也便转身狂奔了起来。

天气炎热到可以使所有属羽类的鹦鹉热死休克。A医师终于印证了他科学的坚持，不但发现了那彩色炫耀的羽毛下惊人的秘密，也因为助手K的离去度假，他有机会从杏子口中直接听到有关鹦鹉死前三个人语发声的猜测，使他恍然大悟。

在整个城市布满警车的状况下，约略可以了解包括杏子和K和摄影记者在内都还没有彼此找到，他们只是在拥挤的城市中盲目而绝望地努力彼此寻找着对方而已。

只有 A 医师听不见这些声响了。他静静地躺在实验室的地上。门是反锁的。将来开启这扇门的人一定好奇于是谁从里面把门反锁了。A 医师身体的四周散满了凌乱而依然是色彩美丽的鹦鹉的羽毛。只有羽毛，它的身体呢？ A 医师不可能告诉任何人了。他在奇异不可解的猝死之前似乎想要写下一点什么。有人将会从他手指划过地板的一些并不清楚的迹象上去猜测他想要解开的一些谜题。然而那迹象太不清楚了，以至于将使许多人徒劳无功。也许杏子是可以解开谜底的人，因为她的报社要求她耸动地处理这条新闻，她终于可以宣布，A 医师在地板上写下的字正是鹦鹉在热死前发出的最后三个声音，但是，A 医师用的不是汉字，而是一种拼音——Hou-Xian-Dai，当然，因为鹦鹉是没有思想的，它只是模仿这个城市中流行的一个词语而已。

妇人明月的手指

她依旧专注在手指被斩断那一刹那，
那离去的手指如何感觉到一叠
厚实的钞票的虽然短暂但非常真实的感觉。

妇人明月从中小企业银行中提领了六十八万元，才走出银行就遭遇了抢匪。抢匪的动作非常快，明月猝不及防，一叠厚厚的钞票已在抢匪手中了。

明月先是一愣。在一刹那间，以前从报纸、电视上看来的关于抢劫的种种全部重现了一次。但是，她毕竟是一个强悍的妇人，一旦反应过来，立即奔跳起来，三两步追赶上了抢匪，向抢匪头上重捶一记，随即紧紧抓住那一叠厚厚的钞票，如母亲护卫失而复得的儿子一般，再也不肯有一点放松。

抢匪与明月在热闹的大街上拉扯一沓钞票的景象引起了一些路人的旁观。抢匪是一名三十余岁黝黑健壮的男子，他或许觉得在众目睽睽下与一名妇人拉扯的羞耻吧，因此露出了恼怒凶恶的表情，决定吓唬一下这不知好歹的妇人。他的左手仍然紧抓住钞票，右手已迅速从靴筒中抽出了一把锋利的开山刀。

“啊！”

围观的群众看到了凶器，一哄而散。唯独一名八九岁的儿童，手上拿着一把玩具冲锋枪，忽然兴奋了起来，扣动扳机，冲锋枪便哒哒哒哒向抢匪扫去。

抢匪一脚把小孩踹倒，回过头来，向妇人明月大喝一声：

“还不放手，找死啊！”

看过许多警匪片的妇人明月对于这样千钧一发的时刻反倒有种十分不真实的感觉。她惊惧地看着距离自己双手只有几公分的锋利的刀刃，已完全失去了主张。

这个城市其实还没有冷漠到看妇人明月被抢劫而不加援手的地步。在远远的街角的公用电话亭，已经有人悄悄地打一一九报案了。

但是抢匪已被激怒了。他似乎已不完全是为了抢钱，而是觉得妇人太不给他面子，便下了狠心，一刀砍下，斩断了妇人明月的几根手指。

最先斩断的是妇人明月的左手的三根手指。血流如注，一沓千元大钞的蓝色票面顷刻被染得殷红了。

妇人明月也许是吓呆了，并没有立刻放手。这更激怒了抢匪，便狠狠剁了几刀，仿佛在砧板上剁断猪的强硬的腿骨一般，使妇人明月一时失去九根手指和一部分的手掌。

妇人明月因此眼睁睁看着自己的手指黏在一叠厚厚的钞票上被带走了。抢匪临走时还骂了她一句：“死了没人哭的！”便跨上摩托车，向西边逃逸而去了。

“我的手指——”

妇人明月仔细再检查一次。果然，除了右手大拇指还在之外，其余的九根手指都只留下残缺不全的骨节，一圈血红的印子，尚自滴淌着鲜红的血。

有几个胆大的路人又开始逐渐围拢来观看，看到妇人失去了手指便摇头惋惜着。

“损失了多少钱呢？”

“六十八万。”

“啊！唉！”

路人们有着对失去手指和失去钱的不同声音的嗟叹；但最终都觉得爱莫能助，无奈地离去了。

“发生了什么事吗？”

一个穿大学制服，模样规矩的男生走上来问。他是这条热闹的街道上少数不匆忙的路人。

“我的钱。”

妇人明月开始哭泣了起来，她逐渐感觉到手指的痛了。

“你慢慢说啊，哭是无济于事的。”大学生安静地看着妇人明月。

妇人于是诉说着整个事件的过程。这也是事件发生之后她有机会第一次清醒地回忆和整理整个事件的过程。

她说："那个歹徒一定尾随我很长时间了，因为我在股票上赚的钱存放在这间银行的事，是连我的丈夫都不知道的。"

她又叙述了有关歹徒可能有接应的合伙人，因为在恍惚中她还依稀记得有人持冲锋枪冲散了前来搭救她的仗义勇为的路人等等。

"他不只是要抢钱唉，他还用开山刀把我九根手指都砍断了。"妇人又哭泣了起来。

"手指呢？"

大学生低头在地上看了一遍。

"黏在钞票上被带走了。"妇人说。

"唉，可惜——"大学生惋叹地说，"现代医学接肢的成功率是很高的。"

"可是——"妇人觉得被责怪了，她便告诉大学生有关切断的指头在钞票上紧紧依附着的感觉。

"那是不可能的！"大学生坚决地否认。他说："神经中枢切断了，手指是不可能感觉到钞票的。你知道，古代中国有斩首的刑罚。头和身体从颈部切开之后，究竟是头痛呢？还是颈部会痛？"

大学生示范了一个砍头的动作。

“可是，手指紧紧黏附在钞票上啊！”妇人显然对斩首以后头痛还是身体痛的问题并不感兴趣，她依旧专注在手指被斩断那一刹那，那离去的手指如何感觉到一叠厚实的钞票的虽然短暂但非常真实的感觉。

“Well——”大学生耸耸肩，他认定这是一个没有知识的妇人，没有经由教育对事物有客观查验与证明的能力。他心里虽然充满同情，但是不打算再浪费时间继续做无意义的辩论了。但是，他也不愿意草率离去。他基于对自己一贯做事认真的训练，觉得不能因为情绪而动摇。“出发于情绪好恶的离去，不应该是一个理性社会的知识分子所应有的行为。”他这样告诫自己。

大学生因此决定替妇人明月招揽一部计程车，并且指示司机，把妇人送到城市的警察局去报案。

“报案是进行法律追诉的第一个程序。”他这样和妇人叮嘱完毕后，才告别离去。

计程车司机是一个坏脾气的人。他发现妇人手上流的血弄脏了后座的椅垫，便十分愤怒，频频回头责骂妇人。

“太没有道德了。”他说。

“这一整个城市都太没有道德了。”

“这样下去这个社会还有什么希望呢！”

“你看！红灯也闯！”

他后来责骂的内容大半与妇人无关，可是妇人明月还是不断哭泣着。妇人想起电视连续剧中命运悲苦的女性，遭粗暴酗酒的男人殴打、遗弃，便是这样倚靠着一个角落哀哀哭泣着，也不敢发声太大。特别是因为坏脾气的司机一再呵斥她不准弄脏了椅垫，她只好一直高举着断指的双手，而那未被砍去的右手大拇指突兀孤独地竖立着，使她特别觉得自己的样子一定十分滑稽可笑。这个原因也更使她遏抑不住嘤嘤哭泣不止了。

相对于司机而言，妇人明月遇到的城市警察是和蔼得多了。警员比妇人想象中年轻，穿着浅蓝色烫得笔挺的制服。在城市犯罪案件如此繁杂的状况下，穿梭于各类投诉纷争的警察总局的大厅，他犹能保有一种安静，而且礼貌地搀扶着妇人明月受伤的手。

妇人明月被安排在楼上一间小而安静的房中坐下，警员倒了水给她，便坐在明月的对面详细询问起案情发生的始末。

警员显然受过非常专业的刑事处理的训练，他询问案情的细节到了使妇人都感觉着敬佩了。例如，他竟然问起关于失落的九根手指的指甲上涂染的指甲油的颜色。

“蔻丹的颜色。”他最初是用“蔻丹”这个词。可是似乎明月没有听懂，他才又重复了一次：“指甲油是什么颜色的？”

“红色啊！”妇人回答。

警员便从资料柜中抽出了一本贴着各色色纸的色谱，翻看了一回，又拿其中的几页，比照着明月仅留下的一根大拇指上指甲油的颜色核对了一下，等完全确定了才把色谱的页码编号记录在档案上。

“M186。”他在档案上写着。

“那是红色的代号吗？”妇人问。

“红色并不准确。我们用编号来分别不同红色（例如，枣红、粉红、猩红、紫红……等）色系的差别。这是可以在电脑中建档分析的。”

警员并且把整个记录一无遗漏地复述一次给明月听，谨慎地要求她检查每一个细节是否都无违事实，最后才让妇人在记录上签了字。

之后，警员便陷入了沉思之中。过了一会儿，他才向妇人报告。

他说：“六十八万元，我们会尽量为你全力追回。在这个逐渐堕落的城市里，你知道，夫人，六十八万元是很容易花完的。”他停了一会儿又说：“一百万元以内的抢案最近发生得很多，我们这里有几宗记录。”警员拿出厚厚一册卷宗来，翻了几页，他指给明月看：“你看，一宗是用抢劫的钱买了一张高尔夫球场的贵宾卡。有几宗是签赌了大家乐（这一类的案例最多）。还有一宗是买通沿海渔船运送异议分子入境的。当然牵涉到政治案件的抢劫数目都比较大，动辄数千万，大多不在这百万元内的卷宗纪录上。”

“啊——”他在一宗案例上停了一下，而后向妇女明月说明，“这一宗是最奇特的。一个诗人用三十五万元的赃款出了一本诗集。”

“他判刑了吗？”妇人问。

“是的。可是很轻，几个月的拘役就保释出狱了。因为检察官调查出他的动机是出于嫉妒，而嫉妒在这样的城市中是非常可以原谅的罪，因此从轻量刑了。”

“你想——”妇人着急了起来，她说，“这些线索会有助于我的案情的侦破吗？”

“是的。”警员一贯着笃定的语气，他说，“我们分析每一宗案例，做过非常科学的分析。归纳之后输入电脑，以数学上的或然率的比值来追踪新的案情，甚至预估尚未发生的犯罪案件，成功率高达百分之八十七点〇九。”

警员肯定地向妇人点头。

妇人明月很开心，她几乎想鼓掌。可是才举起手，才发现那唯一独立着的一根大拇指竖立着，仿佛一个赞美的姿势，她又掉进失落手指的悲哀中了。

警员也立刻发现了这点，他忧虑地说：“是的。麻烦的是你失去的手指。我们以前没有前例，在破案上会有困难。”

“没有希望吗？”妇人哀伤地看着警员。

警员没有回答。他在笔记上画了一只狼犬。这是他心中的秘密，但他不想太早让妇人知道，这或许会有碍于破案。

“一个谨慎的破案过程，是需要非常多纪律的。”他这样回想学校上课时教官们的教诲。

妇人明月探头一看，警员在纸上画了一只狗，她想警员是对她感觉到无聊了，便颓丧了起来。

妇人被送回家之后，警员继续把笔记上的狼犬画完。他想：“当警局中的人员出动追回钞票时，狼犬们将在城市的每一个角落搜寻妇人手指的下落。”

“你认为手指和钞票是应该被分开处理的吗？”当警员向上司报告他的计划并请求支援时，上司这样问他。

“是的。”警员笔直地站着，大声地说，“钞票通常在高尔夫球场、大家乐、走私渔船和竞选活动这些线索上可以追寻出来，至于手指，则大约是被遗弃在肮脏的垃圾场、废河道、平价住宅的后巷——”

“好，那么就开始行动吧！”

上司在警员离去之后，看到巨大的月亮升起在城市的上空，听见无数咻咻的狼犬的叫声，十分凄厉的、在四面八方的巷弄中流传着，它们要找回妇人明月遗失在这城市中的九根手指。

猪脚厚腺带体类说

有关“猪的厚腺带体”的研究，
恰恰是为了提供一个从“幻想”到“实证”的例子。
对于万镇的居民，或万镇的猪只们，
都曾经幻想过被砍掉的猪脚可以再生。

第一次到万镇的人都十分惊讶为什么会有那么多猪脚。在市镇中心的广场，一般用来置放伟人铜像的地方，便有一尊用两千七百四十一只猪脚构造起来的铜雕塑像。设计这尊塑像的李君，为了坚持是两千七百四十一只猪脚，与市镇代表的会计人员争执了月余。会计人员认为两千七百四十只猪脚在核报预算上是一个整数，他们委婉地向李君解释："人们的会计观念是必定删除零头的。因此，亲爱的李君，你的两千七百四十一只猪脚，即使被我们通过，一旦呈报到上级，还是会被删除的。"

李君最近留了辫子，细细的一撮拖在脑后，很像一只美丽的猪的尾巴。

会计人员从形貌上判断李君是一个颓废、邋遢的家伙；心里揣测这一只可有可无的猪脚李君是会同意删除的。在会计人员的心中，这一只猪脚的删除也只是形式，不过是为了证明会计人员对市镇重大建设操有生杀大权以及被尊重的意思吧。

不料这个"颓废、邋遢的家伙"竟然大怒。李君立刻向新闻界公布了这项消息，并且赤膊在他塑造的猪脚模型前拍照，寄给记者。各大媒体以显著的篇幅报道这件"近年来最严重的艺术迫害事件"。

“一只猪脚守卫战”，各大报以显著版面刊登这则消息。新闻界、文化界和艺术界联合起来发动了静坐、示威游行，并冲进中央级的决策机构，使正在扬言要进行民主改革的城市领袖十分难堪。

猪脚塑像经过月余的争执，演变成政治事件。原来喜出望外的李君，不多久却因为各大学艺术系学生的介入，情势愈趋复杂。部分北部的艺术系学生认为李君自万镇北上，掀起这样的狂潮，是向北部挑战，便有意排挤李君，逐渐以北部流行的“解构主义”的论点严厉批判了李君设计的落伍性格。

“那只是在偏僻一隅的小小万镇发展出来的个人梦魇而已，完全没有世界的前瞻性。”

在城市广场上原来由艺术界共同用保利龙塑造起来象征艺术自由的一只五十公尺高的巨大猪脚塑像在一夜之间被激进的艺术系学生摧毁了。他们围绕在残碎的猪脚碎片的四周舞蹈，向猪脚的碎片吐唾、撒尿，或当众手淫把精液喷射上去，引起围观者的欢呼。

午夜过后，城市领袖驶车经过广场，看到李君孤独坐在一堆如垃圾般的保利龙碎片中。这是城市的凌晨，大部分城市居民犹在熟睡之中。城市领袖有习惯在每天这个时间驱车在各处浏览。他觉得这是一个颓丧而败德的城市，而作为这样一个城市的领袖，清晨驱车去认识这城市的堕落与败坏，长年以来，竟成了他唯一的信仰。

“索多玛城——”这个饱受基督徒圣经影响的城市领袖喃喃自语着，“索多玛城是伟大的信仰之城，它为了试探人类颓丧与败德的深度而存在。”

城市领袖从后座起身向前，亲吻了他的司机，然后说：

“走吧，市民在等待观看我健康的晨泳呢。”

也许因为那一日清晨在广场上偶然的一瞥吧，城市领袖对李君以及猪脚塑像的象征有了复杂的近于悲悯与自怜的情绪。

因此，事件冷淡之后，领袖便在一次巡视万镇的机会中轻描淡写地提到李君，他说：“地方上有才华的年轻人，不可以埋没了。”

市镇代表在一旁笔录，会计人员交头接耳。不多久，万镇的市镇中心的广场上就开始动工塑造了这尊猪脚塑像。而且这次完全没有会计人员的杯葛，一只不少地整整两千七百四十一只猪脚，如手足兄弟一般团结拥抱着。“象征着人类悲哀又温暖的关系，象征着在残断的肢体中人类的互爱。”李君哭泣着宣读塑像揭幕的致辞。

他已剪去了美丽如猪的尾巴的辫子，穿起了黑色的贵重的礼服，远远望着城市领袖高高悬挂在广场上的照片，心中泛起了一种辛酸的感动。

事实上，有关猪脚塑像的事件只是长期万镇居民吃食猪脚历史的延续而已。

假设万镇没有这尊以两千七百四十一只猪脚构成的巨大纪念碑式的塑像，万镇与猪脚的不可分割的联想是依然存在的。

据说，仅有七万多居民的万镇，每个月消耗的猪脚竟然高达八十四万只。也就是说，每个月，仅仅万镇一地，就有二十一万头的猪必须贡献出它们的四肢来作为人类的食物。

当然，吃食猪脚的并不都是万镇的居民。有极大数量的观光客从岛屿的四处涌向万镇，以吃食万镇有名的猪脚为目的。万镇本身猪脚供不应求，便从全岛输进猪脚，猪脚业的兴盛连带带动了地方繁荣。有一个制鞋业者看到每天数量惊人的猪脚在万镇被人类的胃消化掉，便夸张地说：“幸好不是人的脚，否则一定使台湾的制鞋业在一夜之间倒闭光光。”

当连成车队的吃食猪脚的旅游团陆续进入万镇时，首先看到的是李君杰出的塑像，而后，当车队驶离广场，在万镇大街小巷穿巡时，观光客看到一堆一堆如小山一般的猪脚置放在万镇街头巷尾。这些刚刚斩剁下来，犹流着红血的猪脚，或已洗涤干净，剔除了污垢杂毛的雪白的猪脚参差堆放着，成了万镇最触目惊心的景象。

“经过了特制酱类和面线一起烹煮的猪脚，使人类嗜食动物尸肉的恐怖经验转换成了一种美好的味觉审美，这就是伟大文明的成就。”一位社会心理学家这样分析，在一份有分量的学报上刊出了他的研究。有了学说的支持，便助长了万镇猪脚业繁荣的持续不歇。

观光客团坐在领袖来过的（几乎每一家万镇猪脚，都强调它们是唯一领袖来过的）猪脚店里。猪脚用青花大盘盛装，并且新近的流行，每一只猪脚都在切断的脚踝部分用红色的丝带绑了一个精致的蝴蝶结。

当本土文化精致化之后，原来处于偏远地区的市镇也开始引进了一些先进国家的观念。据说，猪脚上的红丝带就是万镇一位回乡服务的博士的创见。博士在德国学生物医学，他居住在德国时看到德国的酸菜猪脚上绑着俏皮的红丝带，便带动了万镇的流行。然而，以他的专业来说，他是在专心致力于把万镇猪脚的生态变化发展成一种在国际上受重视的学说，这一点，万镇教育水准尚低的居民是很少人了解的。

“猪脚吗？哪有可能？”

当博士偶然透露一点他的学说时，那些“识浅的愚民及学术洋奴们”（这是博士对他们的鄙称）就对博士的努力嗤之以鼻。

博士是在万镇的猪脚中长大的。那时的猪脚业还在原始摊贩形态的经营阶段。博士的童年常常在一堆一堆如山的猪脚间与玩伴玩捉迷藏的游戏，他也顽皮地用猪脚丢掷故作矜持之态的女生，用猪脚与邻村顽劣男童开战，猪脚截断时坚硬的骨骼及蹄尖的锐利是比石头更好的武器。

总之，博士的童年的确是在猪脚中度过的，他最早对爱情及性的梦想，与仇敌的战争都与猪脚结了不解之缘。

博士的父亲原来在万镇庙口摆设一个猪脚摊，博士读小学时开始，每天下课以后就要先负责清洗一堆一堆刚被砍下来的猪脚。因此，自幼年开始，博士就有机会以近似精密解剖学的方法来观察猪脚。他把污血及杂毛清理干净之后，更惊讶于猪脚特别精致的结构上的完美。那被洁净如玉般的厚皮包裹的有力的足踝使博士的童年经历了如艺术审美一般的洗礼。他特别有兴趣的是猪脚一旦与它们臃肿肥胖、并不美观的主人的身体分离之后，它们竟可以独自拥有一种自由完美的品质。

“从臃肿、肥胖、肮脏，而且懒惰的母体上被斩断的这一只猪脚，竟拥有一种完美的新品质。”博士在留学德国的一次台岛同乡会中发表演说，便以极感性的故乡的语言述说了他童年的记忆，使全场怀乡的万镇人为之唏嘘，认为是万镇历史以来最富有象征性的演说。

幼年时长时间在洗刷猪脚的工作中获致的经验，不只影响了此后博士的艺术审美、政治理念、性关系，也同时在他生物医学的专业上给予了他重大的启发。

一直到留学德国期间，他还是爱吃猪脚的。他可以用刀叉轻易地分解开猪脚的骨骼及筋脉的组织，使那些满头冒着大汗的割着猪脚的粗鲁的日耳曼人异常羡慕。

当他以猪脚作为博士论文的题目之后，他更是常常出入大学附近一家有名的猪脚店，一待便是一整天。他会以一把叉子支起猪脚，立在面前端详欣赏，完全出神到忘我的地步。日耳曼的店主有些担心他的痴狂是否来自于学业压力大，便善意引介了也在读大学的自己的侄女 Agathe 以为开导。

"Agathe——"博士立起一只猪脚，安静地说，"你看，猪脚不像人类的脚掌那样的粗鲁嚣张。它极其收敛，只在两个主要的蹄尖承担巨大的身体重量的压力，因此，所有的美都在这蹄尖上，如母亲一般含蓄，而且担负着最大苦难。"

博士慢慢旋转着叉子，让 Agathe 从四面欣赏这只猪脚，他又说："你知道，法兰克福学派的 Adorno 的理论'意识形态，艺术与美学理论'恰恰证明了我童年的猪脚经验。"

博士与 Agathe 很快熟络了起来。Agathe 对博士有一种神秘的东方的好奇，而博士有关猪脚的如痴如狂的情结似乎也恰好可以在日耳曼的心灵中找到相关的联系。那是在一九六八年之后，五月学生潮使学社会学的 Agathe 特别赞赏博士把 Adorno 的意识形态与美学理论运用在台岛的基层社会行为上。

他们的种族意识、政治意识、两性关系都围绕着猪脚有了亲密的激荡。

“Agathe——”博士在热烈的做爱之后，从床上抬起他肥胖的、腿毛稀疏的左脚，观看了一会儿，嗤嗤笑了起来，他说：“Agathe你知道，人类的脚背是很难直立的。你们欧洲人从十六世纪开始便努力在舞蹈中要踮起脚尖，这是芭蕾（Ballet）的来源。喏，你看，就是这个样子。你不以为，从意识形态的审美来看，这是猪的潜意识情结在艺术上的展现吗？”

博士关于猪与芭蕾的联想使 Agathe 疯狂笑了起来，摇荡着她肥大的乳房喘不过气地尖叫着。

博士也曾经考虑过以“猪的性欲”为博士论文的研究主题。但是 Agathe 不十分赞同。Agathe 以为“性”的讨论已难以逃脱长期以来男性剥削女性的既定模式，加上资本主义将女性视为男性的消费商品，这样的论题本身是有意识形态的偏见在内的。

“可是——”博士辩解说，“猪的性欲与女性有什么关系。”

博士本来还想说明他的论题只是纯粹在生物医学上的一种客观分析，但是他发现 Agathe 有些不悦了，便敏感地停止了辩论。

博士的论文因此改为了《猪的足踝部位厚腺带体分泌之研究类说》。

这个题目有点僻奥难懂，以 Agathe 的批判理论来看有些乖离了社会基层劳动人民所能理解的范围，博士私下也曾经检讨，担心会遭受教授团的批评，他也因此彻底了解了自己思想中来自家庭的残余的封建的或中产阶级的意识形态的“毒素”。

博士的父亲后来从一个小小的街口摊贩一晃而成为万镇最大一家猪脚贩卖店的大老板，在全岛各地经营了分销处，俨然成为富商巨贾。这背后，有一些不为人知的秘密。有关这一点，博士是从来不向人提起的。

这些遍布在全岛的猪脚分销店中部悬挂着首脑的照片（这是猪脚店悬挂领袖照片的肇始）。和蔼可亲的首脑坐在一大盘堆积如山的猪脚前，做出笑容可掬的样子。

万镇的猪脚公会曾经秘密集会了许多次，却始终不能探查出博士的父亲使领袖驾临他的贩卖店的理由。

博士自然是知道的。但是他从不向人透露。

博士回台后，在台岛最有名的大学发表有关《猪的足踝部位厚腺带体分泌之研究类说》，有学生调皮地问到他的研究是否与他的家乡万镇的猪脚有关时，引起全场哄堂大笑。但是博士坦诚地做了有关自己出身与意识形态之间的关联分析，他最后说：

“我，简单地说，是万镇之子，是猪脚之子。”

他这样简洁地下了结论之后，全场爆起了如雷的掌声。当台湾左派以佶屈聱牙的怪诞语言进行令人厌烦的理论唠叨时，博士却以极清新有力而且形象化的语言点活了意识形态革命的重点。

博士风靡了T岛大学的知识青年们。那天夜晚，杜鹃花丛中躲着许多热恋或情欲中的男女，他们在亲吻和抚摸间歇时还有“猪的”“厚腺带体分泌”之类的片语流出。

但是，仍然没有人知道博士家族如何请到了领袖光临他们的猪脚贩卖店，博士有关自己出身的坦诚也绝不触及这一敏感的关键。

至于《猪的足踝部位厚腺带体分泌之研究类说》却不可否认，是博士极大的贡献。若不是童年长时间与切断足踝的猪脚有过亲密接触的经验，博士绝无可能发现这可贵的细小腺体的带状分布。

和我们一般理解的淋巴腺、摄护腺、甲状腺都不一样，分布在猪的足踝部位的这一组类似脂肪的“厚腺”形成一种带状网膜。淋巴腺抵抗细菌分泌腺体，甲状腺使情绪亢进，摄护腺控制射精，至于“厚腺”的功能，一直到博士的研究提出之前，对人类还是一个谜。

博士研究的重大发现是：在万镇长达三百年的砍伐猪脚的行为中，猪，为了生存的缘故，逐渐在被砍断的足踝部位产生了一带网膜状的“厚腺”。

“这些带状分布的‘厚腺’，虽然目前还看不出明显的功能，但是，在长远生物的演化过程中，很可能将说明动物对肢体残断后再生能力的培养不是不可能的——”博士在演讲中发现自己语言有些拗口，立刻机敏地改换了浅近的譬喻，“例如说——壁虎，大家都知道，它们在遇到侵害时会自动切断尾部，使敌人的注意力转移，壁虎的尾巴是可以再生长的。人类也曾经幻想过头部被砍掉以后可以再生出一个头来。中国古老的《封神榜》《西游记》这些小说中就经常有此种描写。大家都觉得这只是神怪小说中的‘幻想’。但是，幻想可不可能成为真实呢？”

博士悬疑地停了一会儿，然后以极其感性动人的语调说了他的结论：

"有关'猪的厚腺带体'的研究，恰恰是为了提供一个从幻想到'实证'的例子。对于万镇的居民，或万镇的猪只们，都曾经幻想过被砍掉的猪脚可以再生。我们的'幻想'经过三百年被砍掉的悲惨事实，终于在'幻想'中要萌生出新的再生能力了。诸位，'幻想'假以时日就可以成为'真实'，这就是'厚腺'的功能。我把这小小的功能贡献给热爱万镇、热爱台岛、热爱幻想生命的你们。"

博士走出校园时拒绝了学生们热情地替他招呼计程车。他说："让我在夜晚的城市独自走走吧。"

博士穿过街道，在大学对面一家新开的麦当劳经销店前等候约定好的女子。

女子迟到了。这个女子和德国的 Agathe 十分不同。喜欢迟到、爱打扮、穿粉红色有小花边的袜子，非常叽叽喳喳，是一个典型台岛暴发户家庭生长起来的庸俗而浅薄的女子。

"庸俗而浅薄的女子——"博士这样想，因为女子的迟到而有点愤怒，但随即又自我调侃起来："我有时用德文想 Adorno 的审美与意识形态理论，有时用台岛的语言思念爱迟到的庸俗而浅薄的女子。"

博士自嘲地在麦当劳的玻璃中观看自己逐渐肥胖油腻起来的脸，然后，他看见那绑着紫色蝴蝶结的女子的脸悄悄在玻璃上出现，贴近自己。

“那个‘阿多诺’到底是谁嘛！”

女子撒娇发嗲地依靠在博士身上。

“我要用德文去想 Adorno，用万镇的语言思考母亲和猪脚——”

博士无缘由地感伤起来。他看着身边依靠着自己的瘦而扁薄的女子身体，歪斜的紫色蝴蝶结，颈项上被博士猛力吸吮的紫色血痕。那小小的乳房，还不到 Agathe 的一半大，一粒小小的干瘪如屎粒一般的乳头。

“万镇和万镇的居民——”

博士潸然泪下。他无限怜爱地拥抱着已经熟睡的女子扁薄的身体流淌着眼泪。

那一夜，他梦到自己回到了万镇，在许多巨大的白色猪脚中，用巨大的镊子一根一根拔去猪脚上的毛。月亮圆而且大，发白，猪脚也像月亮一样，白而且大，一堆一堆，堆到了天上。

安那其的头发

头发的确如领袖所言是最接近人类思考部位的产物，
也因此沾带了最多与思想有关的意识形态的辩证在内。

（我始终是那个不发一言的人……）

最早注意到他的头发是在广场抗议运动的第三天。

他的头发并不黑，仔细看带一点金褐色；在五月阳光的强烈照耀下就特别明显。发质很细，虽然不经整理，却自然披垂下来，看起来柔顺而且很整洁。

在披垂的头发后面透露着并不大但形状细致的眼睛。他说话的时候因此似乎必须考虑到头发遮挡眼睛的问题，而使头部保持不同角度的倾侧。

“克鲁泡特金是在一八七六年逃亡到瑞士的。从俄罗斯向外地逃亡的安那其主义者大都走这条路。”

他盘坐在地上。有时候因为低头翻看文件资料（数据），头发就如水一般倾泻，一整匹布似的遮盖着他的前额。

“安那其主义者一八七七年才有了最早的组织。”他说，“秘密的，当然，那时鹰犬们还到处大肆滥捕党人，施以酷刑，有许多党人甚至被一根一根拔去了头发……”

“有这样的记载吗？”围坐在广场四周的青年们很仔细地检查

他传送给大家的每一份影印的文件资料。他们相信民主的基础开始于每一个人的参与，也开始于对真理的反复辩论以及现象细节一丝不苟的检查。

“没有。”他很诚实地回答，抬起头来，用细长的手指把悬垂在额前的头发梳理到后面去，“其实在克鲁泡特金的《一个反叛者的话》（Paroes d'un révolté ）中并没有提及任何有关头发的记载。我的推测是，首先从照片上来看，克氏是一个秃头。其次，按当时的情况——从俄罗斯到瑞士都一样——鹰犬们加诸于安那其主义者身体的酷刑是无所不用其极的。我的意思是说：他们甚至恢复了古老东方野蛮的刖刑、宫刑、劓刑，自然，头发的髡刑也必定一并施行了。

“这是一个奇怪的联想。我在广场运动的第三天，也在想，为什么那么多的激进主义者习惯于在头上缠绑布条，从日本的神风特攻队到南美切·格瓦拉的信徒。激烈的右派和激烈的左派在革命行动时竟是十分相似的。”

（我始终是那个不发一言的一个……）

“是否他们潜意识中仍然惧怕着被别人看见自己头壳下隐藏的激进思想呢？”

“意识形态在人类的历史中常常借由头发来进行斗争。”他回答党人的问题时有一种沉静的魅力，他说：“例如，清代入关的剃发运动曾经引起汉人的抵抗，可是高压的手段使汉人接受了满清的发型，也同时接受了满清的统治。辛亥革命也是经由剪辫子来推动的。也就是说，人类的意识形态斗争常常借由头发的问题显现出来。在古老的希腊神话中巨人参孙的神力是隐藏在头发中的，对不对？一剪去了头发，他的神力也就消失了。更有趣的是，直到今日，凡是最需要泯灭个性的地方就越需要剪去头发，例如军队和监狱。头发一剃光，就消失了个人的特性。

“所以，意识形态的斗争是要在头发上进行革命的。”广场中当然有许多倾向于嚣张及简化结论的少数人。他们头上缠绑的布条通常都写着耸人听闻的警句，讲话声音嘶哑而且急促，并且常常容易激动哭泣。

但是，似乎只有温婉的叶子是真正能够爱恋他的头发的人。她单纯只是觉得他头发的美丽而献身于他，也并不在意原来与他同居的女人不时地造访。同时安那其主义的信仰者，叶子第一次身体力行了财富、肉体与精神的共有。当些微的嫉妒、失去的感伤与恐惧来袭时，叶子竟然甚至有背叛党和信仰的罪恶感。

“啊，一个安那其的信仰者——”她这样地自责着，企图使自己从人的私欲中平衡过来。

叶子和围坐在他四周的男女们认真讨论起有关克鲁泡特金在《田庄、工厂、作坊》这部著作中安那其主义的经济学观点。

关于城市建筑者的不道德是安那其主义者早在一九一〇年代就已经提出来讨论过的。城市建筑者构造了巨大的居住公寓，把人从田野、山林、海域及乡村小市镇的手工业作坊中吸引出来，塞进一幢一幢水泥钢筋建造的方盒子中。他们设计了不道德的居住空间，使城市居民被强制接受一个伪造的道德秩序。

“一九一〇年代就被安那其主义者批判的城市伪造道德，直到今日，很不幸的，还在人类中被沿用。而且，对大部分仇视安那其的麻木的城市居民而言，这伪造的道德，例如‘家庭’‘国家’‘民族’‘阶级’‘伦理’竟都变成了鹰犬们肆虐的主要借口。”

他补充了几个发言人的遗漏，类似结论的总结了广场安那其聚会的第四次讨论。

夜晚，当安那其主义者入睡之后，将近圆满的月亮高高升起在这城市上空，广场上流传着一种凄凉的鼾声，此起彼落，仿佛挽歌。

叶子辗转难眠。月光下她偷窥着领袖犹埋首于文件的整理中，他那如瀑布之水的整匹的头发在月色中更是动人心魄了。

“如果我爱恋他的头发是献身的唯一理由，他会以为这是对安那其的拥护，还是侮辱呢？”

叶子近来常陷溺于这样的疑惑中不能自拔。原来与领袖同居的女子已然离去，据说是投入了仇视安那其的党派成为一名极右派的女子。安那其族人中的窃窃私语当然困扰了领袖，也使叶子更觉罪愆深重。

“女性在革命中的摇摆性格，受所爱恋的男子影响，恰恰说明了传统男性父权中心社会在女性奴隶意识形态上的反映。”

当一名咄咄逼人的新安那其党人这样论述党内女性的革命情操时，叶子不自禁怦怦心跳了起来，仿佛这篇报告是因她而发的。

但是，要清楚地把安那其党人的关系与爱情区分开来是多么困难的事啊！当党人进驻广场之后，叶子成为领袖的重要助手。整理分送文件，召集群众，安排党人的食物与处理排泄物，是任何人都难以承当的体力负荷，但是叶子却愉快地一一处理得有条不紊。她在体力的劳累中感觉着一种清洗自己罪愆的愉悦。别人有时劝她休息，但是，她害怕休息，害怕休息时她就要情不自禁地迷恋起领袖的头发以及他肉体上的种种细节。

他们在广场中的进出，甚至夜晚时同裹一件睡袋席地相拥而眠都是党人们默认的事实。但是，叶子从来没有从他口中听到有关安那其婚姻或爱情形式或两性关系的主张与意见。

作为一名女子，如果对所爱恋的男子的意见不断猜测，相信是坚决的安那其主义者的他所鄙视与反对的吧。

有一次叶子问起他有关女子头发长短的问题时，他有些不屑地回答说："解放的安那其的女性是不会以男子的悦乐为自己生存的目的的。"

他说完之后，似乎也自觉到对问话者不屑的表情。长久以来和平的安那其主义的内在训练使他立刻对自己的行为有了反省。他平息了自己的情绪，有些抱歉地抚爱起叶子的一头长发，安静地说："叶子，有关头发的问题，并不是安那其主义的重点。"

叶子同时感觉着党人的与男子的爱几乎是唯一的一次。大部分时间，她仍然无法调整好那来自肉体的悸动的贪恋与头脑思想中理性信仰的关系。

但是，结果她还是把一头长发剪短了。

她这样想：头发既不是为了取悦男子而存在，过去存留长发的许多近于梦幻的联想其实可以一并剪除。头发的确如领袖所言是最接近人类思考部位的产物，也因此沾带了最多与思想有关的意识形态的辩证在内。

叶子对着镜子，把一片及腰的长发拉成一绺，吸了一口气，决绝地一刀剪断了。叶子剪完头发，看着镜子里的自己，有一种焕然一新的感觉，仿佛被剪去的不是头发，而是她属于过去没有觉悟的女性的种种。

“革命，真正的革命并不是动刀动枪，而是革除掉脑中腐败、霸道、堕落的部分。”

党人们不是常常这样说吗？

叶子因此觉得从女性中解放了出来，第一次感觉着安那其不仅要解除人类在历史枷锁中有关“家庭”“国家”“民族””阶级”等等腐败堕落的观念，也同时连带地要将历史加诸于性别上的差异与主从性质也一并解放了。

她雀跃地行走在这迅速进行着安那其革命的城市，向两旁街道上的行人微笑。他们虽然暂时还将居住在败德的建筑家们所建筑的房子中，被伪造的道德安排着去像机械奴隶一样地生活着，女性或男性如动物一般交媾，女性没有子女的抚养权，不保留母系的姓氏，没有财产独立的能力，甚至没有性交的主动意识。他们——男性或女性——共同成为长久历史属性中被剥削了人的自由的奴隶或机械，背负着“国家”“民族”“阶级”“性别”重要的枷锁生活着——“但是啊！”叶子在心中呼喊着，“等待着吧，这城市将进行一次伟大的安那其革命，使每一个人恢复纯粹属于人的自由。”

那个夜晚，叶子拥吻着领袖。少掉了长发的羁绊，她觉得可以更像一个党人般爱领袖了。如同革命中男子与男子的爱吧，她十分主动地用脸颊摩着领袖肌瘦的身体，他的并不常运动的薄薄的胸膛，他的扁平的小腹，以及小腹毛发毵毵中勃起的巨大的阴茎。

“像一个安那其党人的同志那样爱我吧！”叶子在迷乱的交媾中心里这样呼叫着。

广场运动开始的时候，叶子已经怀孕了。但是，她没有告诉领袖。她又陷入另一种困惑中，一方面是来自母性的本能的喜悦，另一方面则是她疑惑于不知道安那其主义者对生殖与子嗣的看法。

如果“家庭”是安那其主义者要拆解的对象，那么，子嗣在社会中应如何定位呢?

她在广场上与众人睡在一起，有时与领袖相拥而眠。她偶然的呕吐的现象使伙伴们担忧，以为是连日劳累所致，便劝她随医护人员离去，稍事休息，但都被她拒绝了。

她隐约觉得这是她唯一的时刻，可以爱这个男子和这个城市。

如果孩子出生了，她将如何呢?

如果运动失败了，她将如何呢?

她想找到一间医院把孩子拿掉，然后，她又将蓄起长发，穿有小花的绉边洋装到东区游玩，暑假时到吉贝的沙滩晒太阳，住进败德的建筑家们设计的公寓中去。

这是运动到第八天时她睡在广场上想到的。那时月亮刚刚过了圆满，十分明亮地照耀在城市上空。四面鼾声此起彼落，使人不容易听到叶子低低的哭泣。

她流泪了，使她自觉是一个背叛了安那其的女人。“布尔乔亚的软弱与自怜还在我身上如此牢固啊！”叶子愧疚地在心中呼叫着。

叶子背向广场的中心躺着，她不愿意领袖看到她流泪。但是领袖并没有注意到她。广场上只有领袖站立着，他忧伤而细致的眼睛迷惘地看着天上的月亮。这样圆而皎洁的月亮，仿佛使他记念起什么遥远的故事。在凶霸的布尔乔亚联手起来败坏这城市的时候，他预感着夺权运动的日益恶化。他也看到被月光照得很亮的广场上一具一具用睡袋捆裹的安那其信仰者的入睡的身体。鼾声此起彼落，与月光混成一片铜管的高音，像是号角吹起的挽歌。

“叶子……”他终于看到了她低泣的抽搐的背影，他说，“你所爱恋的我其实只是一顶伪造的美丽假发。”

领袖从头上缓缓拉下他异常美丽的头发，丢掷在地上。假发和许多地面安那其的文件纸张一起四面飞散。

叶子回过头时月亮已近中天，巨大而皎洁的圆满的月亮照映着那孤立的男子的也是皎洁而圆满的秃头。

叶子虽然有一些怅然，但也并不惊讶，她只是更坚决地相信自己并不是一个忠实的安那其的党徒，但那完全与领袖头发的真假无关。

（而我，始终是那个不发一言的人……）

因为孤独的缘故

我等候这一切，因为我知道娃娃已经失踪了，
如同这遭天谴一般的城市中的每一个儿童的最终命运。

我为什么会说起刘老师的故事，连我自己也不十分清楚。

“刘老师——”

我们只是偶尔在狭小的公寓楼梯间中相遇，错身而过的时候礼貌地寒暄一下。

这幢公寓一共住了八户人家，彼此都不怎么来往。

刘老师住在四楼 B 的位置，他的对门四楼 A 住着娃娃和她单亲的母亲。

有关刘老师的身世种种，我大部分都是从娃娃的母亲张玉霞处听来的。

“张太太——”

我最初按照娃娃的姓氏来称呼张玉霞，她立刻否认了。

“叫我张玉霞，我现在是单身，娃娃跟我姓。”她说。

我一时不知道怎么接口，就愣在楼梯间，唯唯诺诺说了一些“这么早回来”之类不关紧要的话。目送张玉霞登上四楼，听到她从皮包中取出钥匙，哐啷哐啷开了好几重铁门的锁，又开了木门，然后又关了铁门，再关上木门。

我赶紧关了房门，跑进房间，和正在看晚报的我的先生说：

“哎，楼上四楼 A 的张太太丈夫不姓张唉——”

我的先生冷静地从他老花眼镜的上方无表情地凝视着我。我意识到他并没有完全了解事件复杂的内容，继续做了如下的解释：

“娃娃不是叫张国瑞吗？他的母亲——就是我们平常叫‘张太太’的啊！她自己娘家姓‘张’，叫张玉霞，是单亲妈妈唉。”

“管那么多事！”

我的先生在听完我解释之后，仍然没有表情地回去看他的晚报。

我只有默默走开。

我想：这是一个社会变得如此冷漠的原因吧。

我和我的先生在最近十年间每天交谈的话已经不超过十句了。最后一次是他发现看报的距离越来越远，我劝他做一次检查。我们一起到巷口的眼镜行去验光，验光师说：“一定要配眼镜了。”我的先生阴沉着脸，他偷偷跟我说：“眼镜行的人只想赚钱。”我脱口而出说：“四十八岁，是要配老花眼镜啦！”

我的先生发了很大的脾气。在眼镜行中我们有点不顾体统地吵起架来。我完全不记得我们吵架的内容，只是发现围观的人越来越多，而且大多露着冷冷的旁观的笑容，我才借故眼泪夺眶而出，蒙着脸逃回家去。

我们有好几天没有说话。

那年他四十八岁，我比他小两岁，属马，但是，我在那之前两年就已经配了老花眼镜，我也郑重告诉他，我的视力大不如前了，但是并没有得到他的注意。

电视机中有一位心理学的教授在讲解现代人的孤独感，他说明现代社会个人承受的工作压力，往往在现实生活中得不到纾解。看起来越来越开放的社交空间，其实因为每一个个体都缺乏真正倾心相谈的家人或朋友，久而久之，内在的孤独甚至变成保护自己的借口，社会中到处充满了冷漠的人际关系，“严重的社会问题就因此连锁地产生了。”心理学教授结论性地这样警告，并且指出他所说的“严重的社会问题”就是层出不穷地发生在我们城市四周的自杀、吸毒、弑父、杀人，或儿童绑架案件。

我的先生仍然沉湎在晚报的阅读中。

他越来越少说话的习惯曾经使我担忧，在我们唯一的孩子（诗承）大学毕业出岛留学深造之后，我几乎变成了这三十坪的公寓中唯一喃喃自语的声音。

我的听觉却似乎因为他的沉默异常神经质地敏锐了起来。

我可以听到四楼 A 的铁门一道一道开锁的声音。如果是张玉霞，开锁的声音比较快，一圈一圈急速地转着，然后哐当一声铁门重撞之后，陷入很大的寂静中。如果是娃娃，这个才八岁的小男孩，却有如猫一样轻巧深沉的脚步。他通常从小学回家，一步一步登上楼梯，我便仔细听着，我甚至觉得他也听得到我的窃听，偶尔停下脚步，似乎在检查，那时我就心跳加速，仿佛被别人发现了自己不正当的窃窥，赶紧正襟危坐起来。

但是娃娃真是一个鬼气灵精的小孩，他走在楼梯上的步伐完全不能捉摸。在你心跳才过，发现他已蹑手蹑脚到了四楼，从脖子上拿下钥匙，插进锁孔，轻轻转开锁。当我努力全心倾听时，我发现他又停了转锁的动作，然后依然是在我一阵心跳慌乱中，他已悄悄进了门。铁门掩闭时也绝不像他母亲那样粗鲁，只是金属与金属轻到不能再轻的一声磕碰。

我觉得我的听觉被娃娃训练得更精密细微了。

但是，我听不到刘老师的声音。

“他走路怎么像鬼？”有一次张玉霞这样和我抱怨。

“是吗？”我很好奇，张玉霞一定有具体的经验。

“怎么不，前天他走到我面前了我都不知道，一抬头一个人在面前，差点没吓昏死过去。”

“在哪儿遇到的？”我说。

“楼梯间啊！你说有多怕人。”张玉霞犹有余悸地向下望了望。

我以为这仍然是“现代人孤独感”造成的问题。

我尝试向张玉霞解释电视中某心理学教授所说的“每一个个体都缺乏真正倾心相谈的家人或朋友”的结果。

张玉霞似懂非懂地点了点头，若有所悟地说：“他很喜欢孩子唉！”

“谁？刘老师？”我问。

“是啊——”张玉霞回忆说，“有几次我和娃娃一起，遇见了他，他就放慢了脚步，跟娃娃微笑。”

“也许我们应当对他多一点关心。”我颇有感慨地补充了一句，“公寓中的邻居彼此都太疏远了。”

张玉霞并没有热烈响应的表示，漠然地借故告别离去了。

我回到屋子中，觉得光线有点暗，这幢东西向的公寓，因为左右盖了高楼，大白天也照不到阳光。我捻亮了灯，戴起老花眼镜，把桌上诗承从美国寄来的信，就着灯光，又读了一次。

在此间读报，知道台湾最近常有绑架儿童的案件发生，勒赎巨款，甚至撕票，手法残酷，令人发指。

读法律的诗承常常要表示他的社会正义感。他寄来的信很少有问候父母的话，大多是摘录一些中文报纸上的社会新闻，加一点他自己的评论见解。

倒是因为诗承的信，我特别注意了有关儿童绑架的案件。

连续几天，我特别追踪了报纸上社会版有关这类案件的报道，也把电视上相关的新闻加以比较。没有想到，正如诗承所说，儿童绑架案件已经如此普遍，而且手法残酷，令人心悸了。

有一篇综合性的报道我特意剪下来，寄给诗承，使他对这一问题有多一点可以参考的资料。这篇报道中我觉得最重要的一段，还用红笔勾出，使诗承不致粗心错过。这一段是这样写的：

城市中的儿童突然无缘无故地失踪了。起初大家并没有深究，以为不过是对有钱人家的孩子进行绑架勒索而已。

但是，显然城市儿童失踪的现象越来越明显了。

去年圣诞节前后，城市警察部门的首长不得不出面向焦虑的市民做事件的澄清。

他在电视上公布了一千七百三十一件儿童失踪案未能破获的总数。群众哗然了。

紧接的几天，由于城市内政主管部门强大的压力，警政首长不得不再次向电视观众做更细节的报告。

他详尽地分析了城市儿童失踪案件中有 69.8% 的比率已显然与“绑架勒赎”无关。他解释说，这 69.8% 比率的“儿童失踪”案件，其中的家庭背景都属一般中下级的公务员或劳工。而且据报案的当事人所述，他们都没有接获任何勒索巨款或威胁的信件与电话。

大家应当记忆犹新，警政首长在去年圣诞节到元旦间的一连串谈话，造成了我们城市治安多么大的恐慌。

在短短的一星期间，城市中几乎不再看得见任何儿童的踪影。许多父母禁止儿童在新年假期之后重返学校。

你能够想象吗？在此后的一个月之间，动物园、儿童游乐场、玩具店以及几家连锁的售卖儿童服装的公司相继倒闭。

市立的动物园和儿童游乐场被议员们交相指责，认为不能以牟利为目的，只好继续营业，但是，据管理员叙述：连笼子内的动物都很讶异儿童的消失，露出惶惶不安的情绪。

有趣的是来自某宗教团体对儿童失踪现象的证道。这一团体的负责人洪伸钦长老，列举了基督教圣经中杀婴的故事，说明由于救世主的诞生，引发当时民间盛传“新王降临人间”的耳语。这样的耳语日渐蔓延，终于导致当时国王的疑虑不安，便下令将伯利恒初生的婴儿统统杀死。洪伸钦长老的证道在北、中、南各地巡回，使许多妇女匍匐痛哭，并声嘶力竭，数千人跪求长老赐子神迹，赦免世人的罪。

洪伸钦长老在各地信徒都陷入歇斯底里的恐慌中时，以极冷静的表情在电视黄金时段的综艺节目中出现，以缓慢而悠闲的手势祝福信徒，并且安静地说：“你们都没有读福音书吗？那里面明白地告示我们，救世主逃往埃及去了。”

洪伸钦长老的证道隔日被指责为有意地“以古证今”，在宗教的证道中暗指与洪长老有密切关联的某政治异议人士的逃亡美国。

一位政治评论家以“救世主逃往哪里了？”为题，指责了洪伸钦长老的混淆宗教信仰与社会法律事件。这位犀利的评论家在结尾时更一针见血地说：洪伸钦长老难道不知道，那些痛哭祈求帮助的妇人，她们关心的并不是“救世主”去了哪里，而是她们因为“救世主”而受牵连遭杀害的自己骨肉的命运。

是的，不到几天，来自各地失踪儿童父母亲人的信件，一概表示“他们关心自己骨肉的命运”更甚于“救世主”。

在“儿童继续将要失踪”恐惧中的父母更是严厉指责洪伸钦长老的只关心“救世主”而不关心“被杀害的婴儿”。

儿童失踪案件演变成这城市中执政与在野两党的政治斗争是大家没有料想到的。

原来因为各方压力濒临解职边缘的警政首长，忽然因为执政党的转败为胜，获得了城市领袖的亲自垂询，表示一定要打击犯罪，把城市治安搞好。他在今年复活节前后在电视上出现时信心十足，表示虽然儿童失踪案件在短短四个月间又增加了三千〇九十八件，但是，只要“全民一致团结”“打击犯罪”“把城市治安搞好”是指日可待的。

但是，复活节才过了一星期，又有近两百名的儿童失踪，各位读者，你们相信警政首长的信心呢？还是你们宁愿相信洪伸钦长老的证道，认为这是一场因为救世主诞生带来的浩劫？

这篇言论到此戛然而止。我把这份简报在寄给诗承之前交给我的先生看。我想他是喜欢看晚报上的社会新闻的，或许会漏掉这一篇日报上的精彩评论。没想到他看完之后依然是冷漠的表情。

我说：“写得好吗？”

他拿下眼镜，不屑地说：“这种记者拙劣得很。”

这其实是我意料中的反应。在我们近十年间每天交谈不超过十句话的夫妻生活间，我早已意识到，那越来越短的十句话都变成了冷漠、不屑和伤害。

我曾经写信向电视台那位心理学教授请教，表示我的无助。收到他助理的回信说，这可能是因为我的先生面临退休的恐慌，或男子更年期的现象，劝我必须以理性待之，并在信尾开列了教授的一些书籍名目供我参考。

我其实是非常理性的。我甚至认真思考过，我为什么不能像四楼的张玉霞，断然离婚，过独立自主的生活。

我很佩服张玉霞，她说“叫我张玉霞”的表情，我至今难忘。那一定是充满了自信，有充分独立自我的女性才能够大声说出来的吧。

但是，我们那一代，“离婚”是多么难以启齿的羞辱啊！等到我认真思考起“离婚”的问题，我才发现，我从不曾有过自己的存款。我拿着皮包走到街上，皮包中只有一串房间的钥匙和这个月买菜的几千块钱。我想：那也可以过几天独立的生活吧。我就继续往巷口走了几步。碰到那个眼镜行的老板，他和我笑一笑，我紧张死了，仿佛被他抓到把柄似的，我一下呆住了。他说：“你到哪里去啊？”我没有回答。他又说：“上街啊？”自顾自走了。我又向前走了两步，我才认真想起来，我在这样大的城市里没有亲人，没有朋友，我甚至不知道是不是有一个旅馆可以让我住一个晚上。

我走到巷口，被刺耳的汽车喇叭声惊吓了，又看到眼镜行老板探头和我微笑说：“回家吗？再见哦。”

我就一步一步走回家去了。

走到公寓大门口，我对着红色铁锈斑驳的大门，心想：没有几年，这铁门怎么锈得这么厉害。

我打开皮包，拿出那一串沉甸甸的钥匙，找出其中的一把，插入锁孔，“当”一声，铁门弹开了，楼梯间中很暗很暗，我停了一会儿，发现刘老师蹒跚走来，对着空空的巷子喃喃自语地说：

“一个城市，孩子都不见了。”

好一阵子我都没有出门。我依然依凭我的听觉知道公寓里几户人家的出入。我也逐渐可以听到一点关于刘老师脚步的习惯。或者说，不是听出来，而是靠嗅觉嗅出来的。他依然是无声无息的，但是我开始闻到他身上有一种气味，就从那天在楼梯间相遇开始，一种近于肉类或蔬菜在冬天慢慢萎缩变黄脱水的气味，那和夏天炎热时的腐烂很不一样。它并不强烈，所以不易察觉，但是一旦你开始嗅到了，你就发现这样的气味固执而且持久，更像是衰老或死亡的气味（腐烂其实是很活跃的）。

我因此开始在越来越暗的房间中独自坐着，安静地呼吸那缓慢扩散开来的固执而持久的气味。也可以分辨出气味封闭在房间内令人窒息的感觉，或者，当刘老师打开了门，那气味就从四楼慢慢流布到四处，然后，因为这气味，我才发现他有细微到不能觉察的关门声、脚步声，以及他停下来眼睛逡巡的缓慢的声音。

“和娃娃这么像。”有一次我几乎要惊叫起来。我听到刘老师有和娃娃完全一样的猫一样窥伺、机警、躲闪的动作的本质。只是因为年老了吧，刘老师显然迟缓了很多，但是，你仍然可以从那气味和脚步的配合中听到他诡异而机敏的眼神。

只有张玉霞的声音没有改变，仍然是可以不用专心就听得一清二楚的。

城市中儿童陆续失踪之后，张玉霞也像一般的家长不再让娃娃上学了。

每天晚上，入睡之前，我的先生放下他的晚报，开始打鼾之后，我就清晰地听到张玉霞给娃娃的特别训练。

张玉霞扮演绑匪，向娃娃扑抓，娃娃则机敏地闪躲。好几次我从声音判断，那个动作粗笨的张玉霞都一头撞在墙上。而娃娃轻易地闪躲之后，便抱着一只枕头捣着嘴，嗤嗤地笑了起来。

我不敢太专心地听，我觉得每次我太露骨地窃听，娃娃都会忽然停止了笑声，把那猫一样的眼光转向三楼。我赶紧闭上眼睛，假装熟睡，学着我的先生均匀有节奏的鼾声。

这样的练习几乎每天晚上重复，持续了很久，直到娃娃真的失踪了。

“娃娃失踪了。”

有一天张玉霞下班之后仍然如同往日大步大步走上楼梯，急躁地开锁，“砰”的一声重撞，铁门闭上。

我从幽暗的灯光中站起来，走到门边，我想：“这个可怜的忧伤的母亲”，我等候着张玉霞在房中大叫，然后披头散发地冲下三楼，按我的门铃，疯狂地捶打我的房门，哭倒在我的怀中说：

“娃娃失踪了。”

我等候这一切，因为我知道娃娃已经失踪了，如同这遭天谴一般的城市中的每一个儿童的最终命运。

不是绑架，没有勒索，没有恐吓，没有撕票的痕迹，他们只是像水在沙地上消失了。

但是我如何向哀伤的母亲解释这件事呢。

张玉霞一把鼻涕一把眼泪说起她如何怀了娃娃，还没有结婚，娃娃的父亲（张玉霞呸了一声！）正在小镇服役，他们彼此热恋，然后他们发生了关系，论及婚嫁。可是，没有多久，男子退役了，离开小镇，张玉霞才发现她连这男人在城市的地址都没有。她在另一批退伍返乡的人群中寻找，一个好心的人来告诉她：“忘了他吧，他从入伍那一天就说，这两年的兵役够无聊，要在这小镇上谈一次恋爱，两年后走了，各不相干。”

“一个卑鄙的大学生——”张玉霞红肿着眼睛这样说。

“可是，我佩服你啊——”我抓着张玉霞的手，由衷地说，“你一个人跑到城市来，找工作，把孩子生下来，租房子，买家具，把孩子一点一点带大，给他取名字，用自己的姓氏。多么聪明伶俐的孩子。”

因为我提起娃娃吧，张玉霞又痛哭了起来。哭了一会儿她恶狠狠地坐起来，她开始述说每天晚上对娃娃的“特别训练”。我借故给她加水走开了，我不想让她识破我每天晚上都在窃探他们母子的行动。

她说：“不怕你笑话。我一个女人带着孩子，在这样的城市，我看惯了人的坏。我不能相信任何人。从我知道有儿童被绑架开始，我就告诉娃娃，在路上看到任何人都要当成是绑匪。男绑匪、女绑匪、老绑匪、小绑匪，还有伪装成很善良样子的绑匪。”张玉霞咯咯地笑了起来，她想到有趣的地方。她说：“你知道，我们每晚练习的时候，我们都化装的。有一次，我还化装成刘老师——”

“刘老师——”我忽然身上一阵寒凉，起了一片鸡皮疙瘩。我嗅到刘老师身上那种菜类萎黄死去的奇怪气味，这几天一直蔓延在公寓四周，固执而且持久，不肯散去。

“我不是多心啊——”张玉霞继续解释，“他每次看到娃娃，都放慢了脚步，微笑着。他为什么对娃娃那么好？”

“他喜欢孩子。”我说。

“附近的人都这么说，他以前任教的那个小学里的老师也这么说。”张玉霞显然为了这件事做了许多调查，她说，“每个人都说：多么好的一个人，多么爱孩子。连退休了，还每天到学校来，陪孩子们玩，教孩子们做功课。把少有的积蓄都买了玩具、糖果给孩子。”

“那你还疑心他。”我说。

“不止我疑心他啊！你看，一个退休的小学教员老是往学校跑，起初都是认识的同事，也不怎么样，过几年，学校同事也都退休了，新来的二十几岁刚从师范学院毕业的老师，都不认识他了，‘这是谁啊！一个糟老头’。他们发现学校门口老是有一个诡异的中年男子看着小孩们微笑，加上城市中又有几件儿童失踪案件发生，这些受过新式教育的年轻老师，读过心理学，便一口咬定这是‘恋童症’的个案，在学校行政会议中提出，以后，刘老师一在校门口出现，就由校警吹哨子驱赶了。”

“你调查得好清楚啊——”我望着滔滔不绝的张玉霞，我心中奇怪，她好像完全遗忘了娃娃失踪的事。她因为娃娃，想起自己年少无知的恋爱；她因为娃娃，有点自豪又有点辛酸地回忆了多年来独立为生活奋斗的种种；她因为娃娃，觉得生活周遭充满了陷害的恐惧。然而，娃娃真正消失了，她似乎什么也不曾拥有过，或者说，她只拥有过“失去”的恐惧吧。当娃娃真的失踪了，就连恐惧也连带着变得虚罔了。

我这样没有凭据地分析张玉霞此时的心情当然是不公平的。对于一个单亲母亲的无助与忧伤我是应该付出一点的关心吧。然而我从来没有像此刻这样颓丧过，因为我似乎开始知道了这城市中儿童陆续消失的真正原因了。

因此，当事件发生的第三天，一名俊美而有些腼腆的警员站在门前说：“为了多了解一点有关刘老师的生活”，我反而冷静到自己都有点讶异了。

这个年轻俊美的警员右手拿着一叠案件资料，左腋下夹着他的警帽。

我把他请到客厅去坐，他原本有点僵直的姿势，却因为看到茶几玻璃板下压的一张诗承的照片，忽然有点异样起来。

“诗承——”他意外的表情，随即涨红了脸说，“您是诗承的——”

“母亲。”我说。

他说是诗承在某南部的市镇服役时认识的，那时他正在一所警察学校读书，他们在每个营区的休假日便相约在火车站，一起到附近的海边游玩。

我不知道一向孤独不善交友的诗承有过一段似乎快乐的友谊。

“为什么没有来往了呢？”我问。

他又红了脸，有些感伤地说：“后来大家都各忙各的了。”

他有点陷入莫名的沉思中了。

“你为了刘老师来的？”我提醒他。

“啊——是啊！”他打开手中的资料，向我解释，我的邻居张玉霞在孩子无故失踪后去警局控告了刘老师，认为他涉嫌重大。

“我们想从邻居方面了解一下刘老师，但是，你知道，这里八户公寓，其实有三户是空户，似乎已经长久离开这城市了——”

“是啊——”我打断他，我说：“其实公寓中的邻居也不怎么来往。刘老师，也只是在楼梯间中相遇，有过几次礼貌的寒暄，很和善的人啊，只是有一点孤独吧，因为孤独的缘故——”

“不，我们没有怀疑刘老师与这案件有关。我们甚至向张玉霞女士提醒因为失子的悲痛可能造成的情绪转移是可以了解的。这也是为什么我们更希望从客观的邻居处得到一些资料。”

“不，我是说，因为孤独的缘故，他特别爱孩子吧。”我这样解释着。

“是的”，警员笑了起来，“他爱孩子是出了名的，我们访问了所有他过去的同事，过去学生的家长，他们对他的爱心由衷赞美呢。”

“但是，多么孤独啊——”

我嗅到那固执而持久的死亡的气息从门窗的空隙中逼近了。

这个年轻善良的警员始终不会动用他的权力去搜捕刘老师吧。但是，我不知道，一旦有人踏进刘老师黑暗而发着臭味的公寓，会有什么样的反应呢?

我希望他卧室的那一扇门永远不被打开。我希望，跨过他的床榻，那个异常高大的黑色的旧木柜不会被注意到。

我终于了解刘老师身上久久散不去的死亡的气息，是因为他锁在黑色木柜中那成千上万的洋娃娃的残断肢体。

有一次在楼梯间相遇，他向我展示从垃圾堆捡回的一只洋娃娃的头，被拔断了，颈部有纤维断裂的痕迹，但是碧蓝的眼睛还是会动的。刘老师抚弄着说：“多么惨，头就这样断了。”

他在膝盖不灵活之后，还是一样每天走下四楼到小学附近的垃圾堆捡被丢弃的娃娃，一些头、一些手、一些脚，被剥光了衣服的身体，他都塞在上衣和裤子的口袋中，使他看来臃肿蹒跚。然后他一步一步走回来，爬上四楼，把这些洋娃娃残断的肢体一排一排存放在黑色的大木柜中，牢牢锁好。

“诗承现在学什么？”警员忽然问起来。

“啊，法律。”我说，“原来读社会系，现在念法律。”

“是，他有一次跟我说：法律常常判道德的罪。”警员想了一下说，“他终于学了法律。”

告别时我把诗承的地址和他新寄来的一张照片都给了这个叫林盟瑞的警察，希望他有空给诗承写信。他有些意外，绯红了脸，但是显然很高兴，一再谢我，并表示要再来看我。

在警员离去之后，我忽然想起是我先生将要回家的时间，便一步一步走下楼。我站在巷口，不知道从来没有被迎接回家的我的先生会有什么样的反应。因此，虽然整个城市因为失去了儿童有些寂寞黯淡，我还是由于私下的好奇而有些兴奋了起来。

羊 毛

在濒临死亡的边界，
才知道生的欲望这样狂野强烈；
匕首的两端被两种不同的力量握着，
屠杀者和被杀者的对峙。

日光在沉厚的羊毛毡上渐渐消逝了。不是瞬间全部消逝，而是在一绺一绺一丝一丝的羊毛间一点一点地消退。

羊毛如水纹，也仿佛在日光的流动里活跃了起来。

这是曾经活过的一只羊的皮毛。羊被宰杀了，洗净了血迹，处理好伤口，经过硝制或曝晒，经过防腐、除臭或软化的繁复手续，一张羊毛毡，摆置在客厅中，使人浑忘了它曾经是活着的一只羊的一部分。

有机的生命变成无机的物质，无机的物质供养着有机的生命，我们怎么去区分“有机”与“无机”的差异呢?

日光仿佛比我们更确定羊毛毡是活着的有机体，仍然需要爱抚，需要体温，需要亲昵和告别，需要眷恋，也需要孤独。

很早的人类就知道豢养羊群，为的是汲取它们的乳，是可以宰杀后食用它们的肉，剥取它们的皮，制作成衣服、褥毡或篷帐。

一个征战归来的帝王，睡躺在羊毛毡上。他在民众和军士的欢呼中进城。他时而从躺卧的姿态立起上身，举手回答群众的致敬。但大部分时间，他独自陷于沉思之中。他戴着紫英石戒指的手，无限柔婉地抚摸着羊毛毡上细细的纹理。他感觉到羊毛在他指间的纠缠，感觉到紫英闪烁的宝石的光幽微地映照在洁白羊毛间诡秘的变化。好像一种符咒，据说可以把死去的生命封存在咒语中，一旦咒语被破解了，生命便重新复活，被囚禁的身体也仿佛大梦初醒，开始转动眼球，开始再一次感觉到肺叶中每一个细囊被清新的空气充满。感觉到原来干涩的眼球四周渗溢出润滑的泪液，感觉到死亡过的身体再一次复活的辛酸。

他躺卧在羊毛毡里，他觉得群众的欢呼是一片虚罔的大海，一波一波袭来，使他沉溺漂浮。汹涌澎湃的波涛，把他簇拥到浪的顶峰，又从高处摔下，碎裂成幻灭的浪沫，迅急在漩涡中消失，无影无踪。

羊毛毡铺成厚厚的床褥。床脚是木雕涂金的狮脚。床顶有浅紫色的纱帐。透着薄薄的纱，夏日炎烈的阳光被筛成细密的一片光。他眯起眼睛，使细密的纱帐下浅紫色的光被过滤成更微小的光点，浮游于空中，可生可死，可以是有机，也可以是无机的存在。

他在军士轿夫抬动床轿的动作里，感觉到进城的大路被刻意整理过。铲除或填平了凹凸不平的坑洞，用平整的花岗岩砌成，加上羊毛毡柔软的厚度，他几乎感觉不到一点点的震动。

他好像放任自己耽溺于一种安逸、慵懒，一种死亡般的迟缓与寂静之中，任由那些喧闹嘈杂的呼叫声变成虚罔的大海，而他在海底静静沉落，似乎与上面汹涌的波涛毫无关系了。

陪伴他在深邃的海底缓缓沉落的竟然只是那一张洁白纯净的羊毛毡。

他把脸颊贴向那密聚如毛发的羊毛深处，呼吸那一丛一丛毛发中释放着似乎活着的动物身体的新鲜浓郁的气味。

他发现自己全身赤裸，那件披在身上的紫色的锦绣的袍子不知何时失落了。连右手中指上那一枚紫英石的戒指也不知在何时丢失。这样一个赤裸的肉体，仿佛解脱了一切人世的欢呼或咒骂，才开始回复成为一个人；一个如初生婴儿的肉体，在无边无际的阒暗中沉落。

他伸手触碰自己丰厚又柔软的嘴唇。在冰冷的海水中依然感觉到烫热的温度，“那一定是血色丰沛的嘴唇吧！”他想起黎明玫瑰初绽时的那种红；不像视觉，更多时候，也觉得那是一种欲望的伤口，在茫然的境域张口，在茫然的境域昂首企盼，在茫然的境域把最灿烂丰盛的生命献祭给死亡。

他记忆起战场的杀戮中，他的剑，刺进一个敌兵的胸膛。在惊愕的叫声中，他凝视那伤口，在美丽饱满的左胸的正中央，在那微微隆起的胸肌的顶端，偏离着圆圆一粒乳头的左下方约一公分，那匕首仿佛刺入了一个急剧跳动的物体。匕首被那在剧痛中痉挛牵动的振动影响，微微地颤动着。他紧紧握住匕首的柄，而匕首的另一端是一颗跳动的心脏；剧痛着，又无比地亢奋着。在濒临死亡的边界，才知道生的欲望这样狂野强烈。匕首的两端被两种不同的力量握着，屠杀者和被杀者的对峙。他们如同在性的交媾中彼此凝视高潮的爱侣，“爱人的身体原来是匕首最好的归宿。”他茫然地胡思乱想。拔出匕首，在伤口仿佛呕吐一样喷出鲜浓的血汁时，他紧紧拥抱着那一刹那释放出全部体温的身体，紧紧紧紧地拥抱着，仿佛那是自己上一世的尸身。

我们都活在血泊中，各种不同形式的血泊，厮杀的血泊，或爱的血泊。

他把手指从嘴唇移到下颌，感觉一个即将三十岁的男子短而硬的髭须，像刺猬的刺，从两腮的边缘一直延续到下巴。

他又移动着手指，从毛毵毵的下颌抚触到坚实健壮的颈脖。他不喜欢柔细的脖子，他相信脖子的强壮和意志有关。他记忆起那遭受匕首杀戮的兵士，在死亡时，睁大了眼睛，他的脖子是挺直的，很清楚地透露着因为运动而富于弹性的肌肉和筋骨。尤其脖子两侧向肩膀拉动的肌肉，像一种极具韧性的筋束，紧紧拉动着两肩的肌肉的力量。

他随着一张羊毛毡沉落到不可名状的海域，记忆的海域，幻想的海域。

只有在那无边无际的海域，他发现自己如此赤裸，如同那一张羊毛，因为从某一个活跃过的肉体身上剥下来，有着特别洁净的白。

他像浮沉于母体子宫之中，而那张羊毛，也如初生时的胞衣。

“只是太洁净了。”

他在泅泳中拉动着腹股之间的肌肉，很清楚地感觉到从臀部带动的力量。许多水流，也仿佛一缕一缕的羊毛，从他的两胯之间，从他轻柔的小腹及腿股之间回绕。

羊毛有时漂浮到比较远，好像水藻或白色的珊瑚，他并不刻意去靠近，但是水流的规则会使羊毛和他逐渐回流到一起，仿佛他们终究是不能分割的。

他无法了解生者与死者之间是否也是如此，无论漂流离散到多么遥远，最终还是不可分割的一个整体，宿命地依靠在一起。

古老的族人相信，杀死一个人或一只动物，那被杀的灵魂便依附在杀者的身上，成为杀者的一部分。那死去的身体未完成的爱或仇恨也依附在杀者身上，要由杀者继续去完成。

“所以，那死去的敌兵的爱与恨已经依附在我身上了。”他仔细用手谛听着自己在左侧胸肌下一颗怦怦跳动的心脏。

好像那颗焦虑不安的心脏渴望着一把锋利的匕首。渴望那匕首的尖刀紧紧插进最柔软的内里，而那些柔软的组织便努力坚韧起来包裹着那冷冷的刀尖；那些烫热的血液便一次一次，仿佛永不停止的潮汐，噬舔着匕首的形状。

“匕首停留在心脏中的时刻，也便是我们相互瞪大了眼睛凝视对方的时刻。”

他回忆起一刹那间，那心脏透过匕首传来的仿佛擂鼓的亢奋，刀柄在他手中剧烈颤动的时刻，被杀者的忧愁或狂喜已全部如符咒般进入他的身体。

“我是带着你的忧愁与狂喜活着的。”

他回想起少年时族中的献祭，他总是被父亲命令去山野上捕杀最善奔跑的羊。它们奔跑着，他也奔跑着，他胜过许多只羊，一旦他超越过那几只羊。羊便跪伏下来，仿佛俯首认命，可以任由他宰割。

但是，他没有忘记父亲的训示。

“一定是最矫健的羊，跑在羊群最前端的羊，才是神所欢喜的献祭。”父亲说。

他于是在石块累累的山野坡地上狂奔，跳跃过所有被他的矫勇吓得匍匐在地的羊群。他孤独地向前奔去，朝向那远远跑在旷野前方的孤独的羊。

“唯一的孤独者。”

杀者和被杀者都是唯一孤独的。

他在那一刹那，手指的指尖接触到羊后腿的足踝，他感觉到把生命与速度爆发到极限的力量，仅仅是后蹄的一点点接触，便仿佛被电击一般使他全身震颤了起来。

他全力向前冲刺，远远看来，他的身体和羊的身体是两条水平线，像两支向前射去的箭。在那一瞬间的接触里，他的手急速抓紧羊的足踝，然后，他们一起滚落在土坡上。泥土、汗、身体喘息时的气味，剧烈的心跳，他们纠缠在一起，那贲张的羊的呼吸使他像紧紧拥抱着自己，自己濒临死亡时那种急剧要挣脱的狂烈的震动。

羊最终被献祭了，留下一张洁白的羊皮，只有他，记忆着羊的怨恨或自负活着；他的身上留着被杀者的符咒。

因此，当他和羊皮一起沉落于海底时，他嘲笑了愚庸群众的欢呼，对他来说，他和死去的羊，以及死去的兵士，是同一个符咒里的故事。

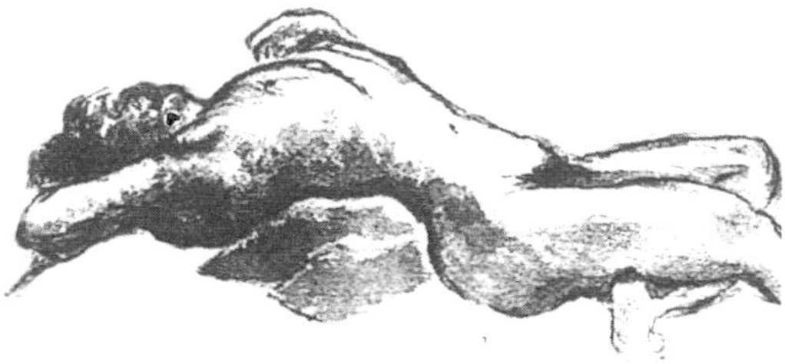

救生员的最后一个夏天

“深情与无情，在某一个意义上，是多么相像不可分的状况啊！”
Ming 心里这样喟叹着，他有着极深的孤独之感，
觉得进入不了父亲的世界，也进入不了母亲的世界。

他蓄着短发，上身穿一件白色圆领的短袖T恤，胸口上印着“Life Guard”字样。作为救生员来说，他的皮肤没有那么黑。一种浅棕色调和着有光泽的金黄，使他的面庞看起来健康中带着斯文的秀气。加上他戴着一副银色金属边框的圆眼镜，越发没有一般救生员太过粗犷野气的味道。

“风太大了。”Ming说。

“嗯。”他原来坐在一个大约两公尺高的铝架上，上面支着一张黄红两色的太阳伞。他经常这样躲在伞下的阴影处，所以，夏日暴烈的阳光不常晒到他。这是他经历一个夏天的救生员工作而没有晒得黝黑的原因吧。

但是，今天风很大。从旷野那边吹来的风使太阳伞不断摇晃。有时候整张伞被吹翻了，像一朵花一样向上张开来。他就必须从椅子上站起来，重新把伞收好。

他横跨在铝梯上。因为双手高举整理太阳伞的伞骨，T恤下露出纤细又结实的腰。

一条深蓝色的运动短裤，在裤缘下方绣了白色的“Life Guard”的字样。

Ming看着他把庞大的太阳伞一折一折收好，好像电影中的仕女细心收折扇一样。他整理好伞的每一个折痕，然后在伞的中段和口沿部分各用一根红色的带子扎紧捆好。

Ming 躺着晒太阳，看到救生员横跨在铝梯上，因为用力，小腿的肌肉，膝盖的关节，足踝以及踏在梯子横杠上的脚掌都显出力量，像从解剖学的书上看到的状态。

他发现从躺着的角度仰望一个人的身体，所得到的印象是和平日非常不同的。一个似乎变得很巨大的身体，后面是夏天炎热发蓝的天空，没有一朵云。虽然在太阳眼镜的镜片后面，还是要眯起眼睛，过滤掉太强烈的光线。看着绑好太阳伞的救生员站在梯子上，仿佛欣赏完成的作品。

“风太大了。”Ming 说。

“嗯。”

救生员从梯子上跳了下来，Ming 的脸上多了一片阴影。

“很少有风从这个方向来。”那片阴影里的人说，“那边有这个山头上的最后一片蔗田，闻得出来吗？风里面有甘蔗的甜味。”

Ming 深深吸了一口气。他不确定是不是甘蔗的甜味。含着日光温度的空气里，有山上红土干旱的气味，有野生杂草被炙晒的辛辣，也有站得很近的救生员身体上不容易形容的一种气味。

“你搽了防晒油吗？”Ming 说。

“没有。”他摇摇头，好像有点忧愁地抬头看看天。

“这样的风不会带来雨。”他说。

Ming 翻过身，看到草地上救生员的影子。影子里的草有着不同的绿色。被强烈的风吹刮，绿色和日光一起闪动。这一片草坡一直延伸到远处，草坡被风梳理出一种纹理，从深绿到浅青色，也夹杂着一块一块的棕黄。再远一点就是救生员说的甘蔗田，是墨绿混合着褐色的一大块。他不知道为什么这片山头上还存留着最后一片甘蔗田，如同他也不知道为什么救生员绑好太阳伞之后，跟他说：“这是我的最后一个夏天。”

早上吃早餐时，父亲把白煮蛋剥出的蛋黄给 Ming，然后说：“我决定去荷兰结婚了。”

“跟 Charlie？”Ming 并不讶异。

“还会跟谁呢？”父亲笑一笑，“难道跟你母亲吗？”

“妈不会嫁你的。她说过，她只是要跟你生一个孩子。”Ming 把蛋黄切成四份，把四分之一夹给父亲。

“你需要四分之一蛋黄中的胆固醇，就像你只需要四分之一的女人。是吗？”Ming 说。

父亲歪着头想了一下说：“不，你不能把你的母亲算在那四分之一里。”他停了一下，有些郑重地说：“她对我仍然是唯一的。”

“唯一的？”

“是的”，父亲肯定地说：“唯一的，所以不可取代。”

“那么”，Ming 挑战地问，“Charlie 呢？”

“Charlie 也是唯一的，也不可取代。”父亲的回答毫不犹豫。

“哈——”Ming 有些嘲弄地假笑着，“两个唯一！”

“Ming”，父亲忧伤地看着他，说，“有时候，我不懂自己，不懂爱，不懂如何拒绝或如何接受。有时候，事情弄得很糟。例如，糊里糊涂和你母亲生了你。”

“是吗？”Ming 有些动怒，提高了声音说，“那时候你才二十岁，你不清楚自己不爱女人。所以，我们都不应该责怪你，是吗？”

“Ming，你错了，我不是不爱女人，我也不是只爱男人。”父亲笃定地说下去，“我爱过你母亲，我此刻还深爱着 Charlie。”他停了一会儿，似乎在等 Ming 心情平复了才继续说，“Ming，爱不可以被量化吧。我们也许因为恐惧孤独吧，所以我们才把一个人归类成‘同性恋’族群，或‘异性恋’族群。我不以为我的爱与任何‘族群’有关。我爱你的母亲，她是唯一的，我也爱 Charlie，他也是唯一的；他们，对我，都不可取代。”

“我呢？”Ming 有点发狠的表情，逼到父亲面前，“我是你十八岁的儿子？还是一个算得上俊美的男子？我可以是唯一的吗？是你不可取代的对象吗？”

父亲悻然离座而去。Ming 仍不肯放松，他追到门口，大声说："你这么开明理性，你一碰到'乱伦'就退缩了吗？"

Ming 退回到餐桌，仍然面对着面前切得整整齐齐的三小块蛋黄，以及父亲的盘中那一小角四分之一的蛋黄。他甚至讶异自己怎么能把蛋黄切得那么精准。好像随时合起来，它们就可以恢复成原来的样子，可以一点没有被切剖开的痕迹。

大约在三年前开始，父亲身体检查，获知了胆固醇过高，此后，每次早餐习惯吃一个蛋的父亲，就由 Ming 主动控制，把蛋黄切成四份，只分给父亲四分之一。第一次这样做的时候，父亲微笑了，他说："我有了监护人了。"以后，这个早餐上的动作变成固定的仪式，三年来没有任何改变。

"Charlie 会这样做吗？"有一次 Ming 好奇地问。父亲一个星期有一天住在 Charlie 处。那一天的早餐，Ming 面对着一个完整的蛋时，常常会想起这样的问题。

"没有"，父亲说，"Charlie 没有那么细心。"

把一个浑圆的蛋黄切开成精准的四份，Ming 做这样的工作，好像在学校里做建筑设计的模型，他对自己目测的能力，手的技术都有足够的自豪。

他和母亲谈起来，母亲赞许地说："很像一种基本设计的课，是不是？”

“用蛋黄做基本设计？”Ming 有些不解。

“用切开成四份的蛋黄形状，每一份中都有曲线和直线，有两个平面和一个曲面，你可以用这个形状构筑一个住宅、一个家、一个空间的概念。”

“你相信‘家’吗？‘家’对你的意义是什么？”

“我相信‘家’的最小单元是‘人’，”母亲思索了一下，“这些最小单元有机地组合着。看起来有时候像是‘家’被破坏了，但是，也可能不是破坏，而是重新组合。我们其实不知道这些最小的单元还有多少组合的可能，父亲、母亲、爷爷、奶奶、儿子、女儿、孙子、孙女、姑姑、舅舅、叔叔、婶婶……组合的过程一直在变化，看起来不像‘家’了，但又似乎组成了另一种形式的‘家’。”

“你在帮我做学校的设计作业吗？”Ming 笑了起来。

“母亲是美丽的。”Ming 常常这样想。很少的女人像母亲这么美。她完全不化妆的面容有一种洁净。额头的线条饱满自信又异常得谦逊，好像太知道自己的完美，反而自足到没有任何和别人竞争的心思。Ming 用很长的时间观看母亲。这个女人，他想，爱过一个同性恋的男子，生了一个儿子，而后大部分时间独居着（偶然有过小小的恋爱，母亲微笑着说）。Ming 有些诧异，这个女人，从任何世俗的角度来看，不是都应该是可怜而且孤独的吗？

“但是，母亲是美丽的。”

“你知道——”Ming 似乎想挑衅母亲的完美，他说，“你知道，爸要跟 Charlie 结婚了，去荷兰。”

“嗯，他在电话里跟我说了。”母亲说，“荷兰是个有趣的国家，不是吗？”

Ming 不确定母亲是否在避重就轻，他继续问了一句：“你不嫉妒 Charlie 吗？”

母亲笑了，歪着头想了一下。（母亲这样的表情真美，Ming 心里赞叹着。）

“我们三个人是很好的朋友——”母亲停了很久，笑着问 Ming：“这样的答案不像在回答你的问题是不是？”

“你还是坚持‘人’的单元观点，跟男人或女人的问题无关？”

“我不完全确定是——”母亲陷于习惯性的思索的表情，好像没有什么事有绝对固定的答案，她说：“我也许觉得‘男人’或‘女人’只是‘人’的一部分，不是全部。‘嫉妒’也是一样，我嫉妒 Charlie 吗？”她想了一想说：“也许吧，但那也只是我作为‘人’的一部分，一小部分，它不会，也不应该干扰我作为‘人’的全部，是不是？”她习惯用询问的方式结束。

Ming 每次和母亲的交谈似乎都停止在这样的状态。一种看来完美却又完全没有固定答案的状态。好像倒影在流动的河水中一片一片的云的光影；水流、云、日光、天空，交叠成一片，但是似乎又各不相干，他看着母亲，不能了解，这个女人如此完美自足，是因为她极深情，还是极无情。

“深情与无情，在某一个意义上，是多么像不可分的状况啊！”Ming 心里这样喟叹着，他有着极深的孤独之感，觉得进入不了父亲的世界，也进入不了母亲的世界。

“他们不像是父亲、母亲，他们是我生命中深爱的一个男子、一个女人。”Ming 自己解嘲似的这样下着结论。

“所以，面前这个安静的救生员，也是我可以恋爱的对象吗？”Ming 看着这个“男人”，或这个“人”，完全不是激情，也甚至不是欲望，只是一切人的关系的禁忌撤除之后，对“可能发生的事”的好奇吧。

“所以，说一个故事吧——”Ming 邀请救生员（“我叫阿星，”他说。）在一边的躺椅坐下，递了一支烟给他。

“我喜欢一种寂寞——”阿星说，“你知道，没有人能了解，为什么在这样荒僻的山头会有一个游泳池。”

“为什么？”Ming 才想起来，要骑大约一小时的摩托车，沿着一直上坡的路，经过一座医院，然后是一大片墓地，麻麻密密的坟冢；经过一个似乎是军队的训练营地，在一片长得并不好的甘蔗林的尽头，开辟出了一座游泳池。

“嗯，没有想过，为什么在这里建了一座游泳池。”

大部分时候，因为从西面海上吹来的风很强。整座山头其实是一个低矮的台地，并没有可以遮蔽风的屏障。山头上原来遍生着相思树和芒草，以后为了甘蔗的产业，树木大都被砍伐了，开辟成一畦一畦的甘蔗田。风远远吹来，山头上更没有遮挡，使得空气非常干燥，尤其在阳光炙热的炎夏，风吹来，热烘烘的，带着甘蔗甜烈的气味。甘蔗的茎叶很细，在风里刷刷地响。

“我是在这片山头长大的。”阿星说。

他寂寞的回忆里有好多好多浓密的甘蔗田。跨过红土堆成的田陇，钻进甘蔗田里，钻进窸窸窣窣的蔗叶摇晃声里。好像许多嘈杂的声音，风的声音，叶子的声音，远远的营地打靶的声音，子弹一发一发“咻——”“咻——”划破空气的声音，以及听得很清楚在蔗叶茂密处男子和女子私会调情及抚爱的呻吟声。

在甘蔗砍收的季节，许多临时被雇用的男女工人，住在附近简陋的工寮。天气极炎热，男子多赤膊，穿着迷彩的仿野战短裤，扛着大约二十枝一捆的甘蔗，哼哼嗨嗨跑在田陇上。身体被晒得黝黑黝黑，被汗水洗得发亮。女工们头上戴斗笠，用一条布，连斗笠一起包下来，密密地遮住脸庞，在下巴底下打一个结。穿着花色鲜艳的衬衫，戴着手套，握着一柄砍刀，一刀一刀砍断甘蔗。甘蔗应声而倒，女子麻利地左手抓住蔗身，再一刀下去，砍掉梢头上一撮叶子。把紫红发黑的一根根砍好的甘蔗丢在田陇上，等男子来捆扎、打走。

“有时候我躺在四面都是甘蔗田的空地上，抬头看天上一朵缓慢飘来的云。我会想，这一片云飘到我头顶，就会下起雨来。我也幻想，一片云飘来，落下雨来，雨落在游泳池里。可是——”阿星忧郁起来，“那时，这里还没有游泳池。”

山头上为什么有一座游泳池，长期以来一直是一个没有人知道的谜；当然不是因为阿星的幻想。

阿星童年到长大，通常幻想都不会实现。

“幻想如果实现，就不叫幻想了。”Ming 安慰他。

“最早的幻想——”阿星望着另一座山头上一朵云的影子，他说，“也许是和母亲蹲在一起，变成两朵沉默的蘑菇。”他笑了。

“蘑菇？”Ming 显然不解了。

“母亲在医院住了很久，她的重度抑郁症必须吃很多药。吃很多药，才睡得着。醒了，她就两手抱在头上，蹲踞在墙角，阴暗的墙角。一蹲一整天，医生、护士怎么跟她说话，她都不理睬。父亲受不了，就骂她‘神经病’，用脚踢她、踹她。她还是一动不动。被踢倒了，很快又蹲好，两手抱着头，一脸严肃认真。我那时候十岁吧，我知道母亲是一朵蘑菇。她长在一棵叶荫浓密的大树下，旁边都是青苔。她必须很沉默，不能有任何声响。她害怕惊动靠近的熊、狐狸、蛇，她甚至也害怕乌鸦和山雉，害怕它们尖尖的喙，害怕它们的利爪。我幻想也变成一朵蘑菇，可以陪她，使她减少恐惧。在医生、护士和父亲都离去之后，我就即刻蹲在她旁边，双手抱着头，一动也不动。我偷偷用眼睛的余光看她；但是她没有反应，仍然一脸认真严肃的表情。在月光透过病院的窗户把庭院中的树影映照进室内时，医院病室白墙上洒满了摇晃的叶荫。我听到一些入睡的病人发出微微的鼾声。我的脚有点发麻。我正在怀疑，我是否无法变成和母亲一样的一朵沉默诚实的蘑菇，母亲忽然转过头来，流着眼泪说：原来你也是一朵蘑菇。”

Ming 觉得这是一个不快乐的故事，他忽然好奇为什么阿星会在这样一座荒僻的山头几乎无人的游泳池做救生员。

“我只有夏天在这里工作。”阿星说（他把手中的烟蒂轻轻弹出去），“你不想知道有关蘑菇故事的结局吗？我的母亲，给我的幻想褒奖完之后，那一个晚上，我一直抱着头，蹲着睡着了。我一定是微笑着睡去，觉得自己幻想终于成真的快乐。然后，我在清晨被嘈杂的人声吵醒。他们告诉我：母亲死了。用一把削水果皮的小刀割断喉管，流了一地血。原来阴暗的墙角忽然积聚着血泊，叶荫和青苔都不见了。我哭起来。我终于知道，我一生的幻想都不可能实现，我无法变成一朵和母亲一样认真的蘑菇。”

“你想，阿星，我有可能会爱上你吗？”Ming 说。

“不会吧——”阿星笑起来，“这是我的最后一个夏天，救生员的最后一个夏天。”

三天以后，当 Ming 再去游泳池时，看到阿星仍坐在树荫下的铝制高椅上发呆，Ming 和他打招呼，他说：“嗨，阿星。”但阿星没有反应，他点点头，笑一笑，很机械地说：“你第一次来游泳吗？”

Ming 发现阿星完全不记得他们相遇过的事。他在 Ming 游完第一次的三十分钟后，又忽然说起有关母亲和蘑菇的故事，并且在结尾时仍然强调：“这是我的最后一个夏天，救生员的最后一个夏天。”

“抑郁症是这么有趣的事吗？”杏子有些生气地在听完 Ming 的转述之后悻悻地表达她的不以为然。

“你要尝试同性恋，也不必非找抑郁症者不可吧！”她加重语气地责备 Ming。

Ming 爬在杏子的身上，用牙齿轻轻咬着她裸露着的乳头。杏子嗤嗤笑着，虽然有些亢奋起来，却用手把Ming推开了，她说：“你的设计还没做完呢，明天上课怎么办。”

“哎哟——”Ming四脚八叉翻过来，唉声叹气地说：“那么烂的教授，做了也是白做。”

“白痴——”杏子瞪他一眼，“不做爱，怎么生出孩子啊！”

“不一定啊！”Ming抗议说，“他们只是性交呢！不是做爱，他们一定不懂怎么样轻轻咬一个女人的乳头。”Ming大笑起来。

Ming闻到床单上一股陈旧的带点腥臊的气味。他皱皱眉头。其实不只是床单，整个房间，包括墙上水渍的痕迹，斑驳发霉的地面；拉链坏掉，张着一片塑胶皮的简陋衣柜；堆得乱七八糟的一张夹板架在两张长板凳上的桌子，以及散置一地的书、CD、脏袜子、内衣裤……这就是大学的生活吗？Ming觉得一种无来由的厌烦。厌烦自己，厌烦自己在这种大学生活里像一种蠕动的蛆。他，和杏子，和许多在这样小小隔间里做爱、吃泡面、上网胡扯闲聊的大学生一样，在过着一种如此廉价的生活。“廉价而且庸俗的生活”，他这样想，但是走不出去，好像一个深洼的坑洞中的蛆，爬也爬不到光亮的地方。那样壅塞着，要是连蠕动都没有，会被当成是死去了吧。但又还有着小小的蠕动，连愤怒也是，抗议也是，甚至连做爱也是，只是没有气力的一种蠕动。

杏子竟然睡着了，年轻而且十分娇憨的脸孔透着微微的红晕，鼻孔呼吸响着咻咻的鼾声。Ming 举起手从杏子的颈项到胸部模拟着起伏的曲线。好像在抚触，却并没有抚触，他悬在杏子肉体上的手；好像在体验一种既熟悉又十分陌生的记忆，不太能确定，因此常常在某处停顿，手悬在半空中，像在召唤记忆。

杏子雪白的胴体上有浅紫色被口唇吸吮或啮咬的斑痕，但连那样醒目的斑痕，Ming 也觉得十分陌生，“这是我吸吮啮咬的吗？”他茫然地问着自己，觉得虚弱而且怅惘。

“当性爱过后，是否记得的将不只是肉体上一些浅紫深紫被口唇吸吮或啮咬过的斑痕？”Ming 这样想，“有什么是比这些难看的斑痕更好一点的回忆呢？”

他把硬纸板用美工刀精细地切割成一小块一小块，每一块大概是一点八公分正方。

“为什么是一点八公分正方？”他停下来问自己，却并没有答案。他在杏子熟睡的胴体旁细细地工作着。好像切割纸板是一种仪式，类似祭奠时折叠的冥纸，纯粹只是一种手的动作，可以使人免于思索的忧愁。他又用这些切割完的小小正方形的纸板砌叠成一个一个小小的空间。空间向左右、前后、上下发展。他并没有预设一定的规则，只是觉得每一个空间孤单时，便在周边加设另一个空间。

他把这组合逐渐加大、形状更复杂的造型拿在手中，颠来倒去，假设这个似乎在不断分解、又不断增殖的空间里感觉到一种完全不能确定的未来。

“这是一幢建筑？这是一个造型？这是一种秩序？这是一个城市？这是一种规则？这是一种变化？这是一种繁衍……”

他尝试用许多不确定的质疑和试探观察手上的物件，尝试找到答案，却无所得。

每一次的答案都演化成新的错误，然而，每一次错误又被修正调整为新的答案。

“阿星——”他在那些空洞的方形空间里询问着，“这是一个救生员的最后一个夏天吗？”

“我对你的爱恋挽回不了如此绝望的季节吗？”

杏子在发皱仿佛一张忧愁大脸的肮脏床单上呼呼大睡。忽然翻过了身，把乳房压在下面，翘起高高的臀股。

如此淫猥而又天真烂漫的姿势使他心中悸动。他把流泪的脸庞贴近杏子的臀股，用口鼻磨厮着那神秘如深幽洞窟的区所。他短而粗直的头发一定戟刺了杏子，杏子搔痒地笑醒过来。看见他手中拿着一个许多方形小纸板黏成的东西，如同万花筒般繁复错杂，如同水晶被切割成许多折射面，闪烁着千变万化的光。她伸手去抢。

Ming 高高举起手来，用三根手指轻轻顶着，如同一顶皇冠。两具赤裸的肉体都从床单上纵跃起来，像从海的浪花中向上纵跃的鱼。然而Ming的手举得太高了，杏子如何也够不着。她奋全力向上蹿跳，几次觉得那“皇冠”就在指尖了，却不料肉体的重量又使她坠落。

她想象到自己是一尾大海浪花上向上蹦跳的豚鱼，不禁笑了起来，笑倒在床铺上，求饶似地说：“不跳了，不跳了，难看死了，像两尾鱼——”

这时，Ming站立在床上，右手高举，那顶“皇冠”仍然高高在上，几乎要碰到屋顶的天花板。Ming 沉默了一会儿，忽然觉得那精密的每一个方格的空间都如此孤单，“虽然，我假设它们上下四方都有另一个依附的空间”，他有点沮丧地告诉自己，“附加再多周边的空间，个体仍然是纯粹孤单的。”他仰望着那些组织紧复的小方块，密聚着，看起来非常牢固，却不知道为什么，忽然全都溃碎了，一片一片掉落下来，分崩离析，像雪片、像花瓣，纷纷掉落，每一片一点八公分正方形的小片，好像一种繁华的回忆，从空中一一降落。

“啊，你的设计——”杏子惊叫起来。

“嗯——”Ming 心里很笃定了，“的确是救生员的最后一个夏天。”

写给Ming的故事
情不自禁

他不知道，为什么记忆掩埋在那么深的所在，
他必须细细翻开那年夏天的木麻黄树影，
那些重叠的蝉声和声嘶力竭死在地上的尸体之后，
才能找到一点端倪。

Ming

阴霾了一段时间的冬天忽然透出了一点阳光，城市上空在灰色的云层中流动着云和太阳的光亮。坐在靠近火车站的咖啡店楼上，他看着施工的工地，忙碌着城市捷运系统的修建。整个城市非常丑陋，到处是杂乱的工地，嘈杂的机器声音，工人的吆喝，以及在临时搭建的陆桥上，匆匆忙忙摩肩接踵的拥挤人群。

城市有一种短暂临时搭建起来的不确定感觉。好像一切都不会永久，一切的存在很快就会被新的事物取代。因此，没有人在意永远或牢固这些不可能在城市被接受的概念。路，是临时用木板搭的便道，路桥是钢架临时搭建的；他，在这个城市长大，似乎没有什么不是“临时”的。坐在靠窗的位置，可以俯瞰城市中心未来野心勃勃的施工计划，新的捷运系统、新的建筑、新的城市景观。他忽然有一种讶异，仿佛这个逐渐要定型的城市是他非常陌生的城市。他的记忆中，城市是永远不定型的，城市只是在一批一批移民中发展。每个新到的城市居民都有一种亢奋，觉得城市要建立起来了，但是，很快有更新的移民来了，他们又有更新的亢奋。因此，城市始终持续在亢奋的状态，不能定型，也不愿意定型。

“你好吗？”

有很久没有看到这张从少年长成大人的脸，因此，他有些愕然。

“我是 Ming。”他说。

很细长的标准东方人的眼睛，幽微的眼光下，脸颊有着一层泛青的眼晕。额骨高而且结实，剪着短短的平头，像个意志坚定的军人，却配合着很腼腆而且柔软的嘴唇。

“是啊！”他恍惚记忆起这个叫 Ming 的男性曾经有过的那张稚嫩的少年的脸。

“好久，好久没有见了。”Ming 说，随即却更准确地计算了一下说：“五年，那时候我高二，十七岁，现在我大学四年级，二十二岁。”

五年是很长的岁月吗？他低头思忖着。不，五年其实很短，对一个五十出头的中年人，五年只是转瞬即逝的刹那吧。或者，五年，也仿佛是停滞不再有变化的五年，至少，这四五年间，他在镜子中看自己的面容，似乎没有太大的变化。人的衰老，到一定程度，其实是不会再有变化了。

但是面前这成熟魁伟的男性却使他记忆不起五年前少年的面容。同样是五年，却在这少年到成年男子之间发生了许多变化啊！

“你认出了我，是因为我没有改变吧？”他说。

“你没有变！”Ming 说，他随即敏感地追问，“所以我改变很大吗？你不认识我了。”

他注意到 Ming 绿色粗线毛衣领口敞开处，露出的非常结实健壮的锁骨，以及在颈项深处微微闪亮的银色项链。

Ming 被邀请，坐在他的对面，所以他可以更平视这从少年长成男子的骨骼，宽阔的五官，和他平整稳定的肩膀。

“所以那是一九九三年。”

“嗯，一九九三年的夏天。”Ming 补充了一句。

那个夏天有那么多的记忆，重重叠叠地交错着。他觉得要很仔细地打开许多掩埋的记忆角落，才能准确地找到有关那个夏天的种种。

那个夏天

那个夏天的木麻黄很像一种黑白照片，因为阳光太强烈吧。近赤道的海边岛屿，海洋从四面八方反射出难以直视的强光。

稀疏的木麻黄树林，阴影和日照之间有强烈的反差，使原来就色彩不明显的木麻黄泛白成一种摄影，黑白反差很强的那种摄影。

蝉声很嘹亮，树木、土地和海洋都成为黑白。

他看到一些久久嘶叫的蝉，声嘶力竭后摔落在树荫下的尸体。仰面朝天，白色的肚腹上有赤黄色用来发声的像乐器簧片一般的组织。他不知道，为什么记忆掩埋在那么深的所在，他必须细细翻开那年夏天的木麻黄树影，那些重叠的蝉声和声嘶力竭死在地上的尸体之后，才能找到一点端倪。

尸体被夏季的暴雨淋洗，和腐烂的树叶化成的黑色泥土，只剩下一些尚可以辨认的翅翼和眼瞳的局部。

他只穿了泳裤，从游客拥挤的区域，一直走向僻静的木麻黄树林。

海潮上涨的时候，很多密聚的水流，像探索秘密的泪水，迅急地流动在树林阴郁的各个角落。

一种蓝尾的水鸟，用长长的黄色尖喙叼起腐烂了一半的蝉的尸体。

“你是来这里寻找什么吗？”

那个少年的稚嫩声音夹杂着秘密在树林的沙地上刷刷渗透的海潮声。

“我是一名退休的演员……”他说，“你知道，就是丧失了在舞台上表演能力的演员。”

“Ming……”少年说，“我叫 Ming。”

“明”“铭”“冥”“命”，他脑海里闪过几个同一个发音的汉字。

少年退蜷在林隙间的浅浅水流里，他的股腹和细细的腰，以及似乎尚未完全发育的雪白胸膛，都因为逐渐上涨的水潮，有了一波一波沙的痕迹。

“在腋窝和股腹间，那些细细的沙，像是身体中蔓延出来的苔藓……”他告诉少年。

他其实联想到的是昆虫的尸体，那些在一个夏季声嘶力竭、寻求交配的偶伴尔后摔死在林间地上的蝉，最后无声无息地在泥土中逐渐消失，每具尸体消逝的处所，就密聚着不容易觉察的苔藓，一丛一丛，像人类营造的坟冢。

“演员也会退休吗？”

“是啊，不再表演了。”

“不再在舞台上表演？”少年加重“舞台”两个字。

“嗯……”他思忖了一下，“不只舞台，就是不能表演了，不愿意表演了，在任何地方、任何时间都不表演了。”

“你演过很多戏吗？”

他忽然发现少年的额头有一块微微隆起的额骨，使他看起来像一只正在发育的牡羊。

“你知道希腊有一位神，头上有牡羊的短角，下半身是牡羊的腿，他常常出没于森林间，喜欢吃葡萄，喜欢和森林小溪间裸浴的仙子们厮混——”

少年摇摇头，他说：“希腊，太遥远了。”

水潮几乎涨满了整片林隙的空地，木麻黄的根部都被淹没了。木麻黄针状的落叶轻轻浮在水面，还有几只未及腐烂的蝉的空壳。

他看到林地外一些军士在废弃的散兵坑里用双肘匍匐前进，他们上身赤膊，下身穿着红色短裤，腰间配了厚帆布制的宽腰带，腰带的挂环上有短刀和钢制水壶等配件，脚上则是黑色高筒包住了脚踝的皮鞋。

“战争竟然还没有结束吗？”他沮丧地沉思着。

夏季午后燠热到极致时，便酝酿着郁闷潮湿的空气，天空蓝色的部分被乌云遮蔽，远处炸开一声一声的雷鸣。

“暴雨要来了。”少年向他告别，并且回过头询问，“我们单纯地相爱是可能的吗？”

雷雨

Ming 呆呆看着雷雨中走避的行人。

施工的工地被豪雨冲刷，变成一片泥泞，黄黑色肮脏的泥水向四处流窜。

他记得一个夏天午后在海岸木麻黄树林中的一场雷雨，上涨的潮水夹着豪雨，迅速淹没了树林，正在向树上攀爬求救的一名退休演员瞬间也被水流冲走，随着急速退向大海的潮流，像废弃的垃圾一样流去，完全没有踪迹了。

“当他重复说着退休演员的身份时，我疑惑着他最后在树上的攀爬，他最后哀求的眼神，他最后如一首挽歌一般轻轻在水中漂流的叹息，是否仍是他不自觉的表演？”

Ming 自嘲地用右手食指轻弹着玻璃杯缘上慢慢滑落的水珠。“演员是不能退休的。”他仿佛在告诫爱人般地严肃，“演员！终其一生就是演员了。”

所以，水中如落花般优美的手势，不能求救、不能暗示溺毙的挣扎，那就是一名优秀演员为死亡做的表演吧。

“我跨过那些尸体，在暴雨过后的街道，泥泞而且肮脏的城市，等不到城市野心勃勃的施工计划完成，居民们纷纷效法死去的演员，用各式各样毁灭的美丽姿态，投身于暴雨中的洪流，迅速没顶，无影无踪，等水退尽，我们就跨过尸体回家。”

Ming 把掉出来的衬衫下摆塞进裤内，走过挂满照片的陆桥，穿过火车站，在靠北边的候车亭搭车回家。

母亲并没有责备他，Ming 的母亲拥吻了遍身泥泞的儿子，她像圣经里描述的慈爱长辈那样说：“回来就好了。”

在母亲替 Ming 洗濯身上的污垢时，在贴身的小背心口袋中，发现了那张未被雨浸湿的西班牙电话卡。

“Telefonica——”他把电话卡上那排金色印制的字准确地读给母亲听。

母亲脸色变得苍白，她愤怒地说：“你还眷恋那吸毒的恶棍——”

“母亲，这只是一张电话卡，”Ming 捣着他隐隐作痛的胸口说，“这只是一张在西班牙街头才能打通电话的话卡，在这里——”他痛苦地说，“在这个城市，我用它找不到恶棍，也找不到爱人。

电话卡

其实那是一张告别时用剩的电话卡。

原本以为告别的话应该很长，他特地买了一张两千匹索的电话卡。但是约略只讲了十分之一，他们就开始争吵了。

“Victor，我在巴士站。”

“你去哪里？”

“往北去吧，翻过比利牛斯山，沿地中海的北岸，再穿过阿尔卑斯，也许在日耳曼南边的某个城市停下来。”

“你忘了你的刮胡刀。”

“喔，没关系，很容易找到的。”

他们彼此都停了很久，也许觉得这些话太不像永远的告别吧。Ming 看着显示表上数字逐渐减少，一九九七，一九九六——

“沉默也是要付费的。”Ming 笑着告诉 Victor。

但是他听到 Victor 在电话另一端低低地啜泣起来了。

“好了，Victor，我们安安静静说一次话，好吗？我们重复这样哭哭闹闹已经三个月了。”Ming 很无奈地叹一口气。

“所以——”Victor 仍然啜泣着，“你还是觉得，我只是一个吸毒的恶棍？一无是处——”

“Victor——”Ming 打断他，“Victor，这些问题我们谈过很多次了。”

“你不愿意和我共享一个针头，因为你怕被我传染，你为什么那么确定——”

“天啊，Victor，你又开始了——”Ming 看到显示表上只跳到一九九三，他有些后悔买了一张两千匹索的电话卡。

“Victor——”Ming 很温和但坚定地说，“我们说一些快乐的事好吗？你记得我背后肩胛骨左下方那一颗痣吗？是你第一次让我知道我身体的那个部位有一个黑点，好奇怪，那是我自己看不见的部分，是你，发现了我自己看不见的地方……”

“但是，你不能忍受我身上的针孔——”Victor 依然啜泣着，如同他每次注射毒品之后不可自制的歇斯底里，“你要离开我，因为我是戒不掉毒瘾的恶棍。”

“没有，Victor，你记得吗？有一次，你在左手中指指甲上方注射，在淡粉色的指甲上留着一个血痕，血痕慢慢变成一个明显的黑斑，随着指甲的生长，黑斑的位置一直往指甲下端移动，大概有三个月吧，黑斑长到了指甲的边缘，记得吗？Victor，我央求你，不要剪指甲，留着那点黑斑——”Ming 觉得自己热泪盈眶了。

“你是我吸食毒品后最有可能相爱的对象，你离开了我，我将怎么办呢？”Victor 不停哭泣。

“老天——”Ming 长叹了一口气。

他仿佛看到这三个月的噩梦再次重复着，人掉到一种越陷越深的泥淖，努力挣扎要脱身。然而，每次挣扎的用力，都使自己更深地陷入。

于是，他轻轻挂断电话，轻轻抽出电话卡。他静静听着四周人潮中 Victor 巨大的啜泣声音，永远不会停止，他知道，在这一生中，那一颗看不见的黑痣，和指甲上那一点血痕形成的黑斑，都将永远不再消褪。

“我和你一样啊……Victor，”Ming 疲倦地依靠在电话机上，

“我对你的爱何尝不是一种永远戒除不掉的毒瘾呢？”

所以

“所以，你回来了？”他看着窗外行人陆桥上匆忙的人群。钻土机隆隆地使整个大楼在一种仿佛要崩解的震动中。

“没有‘所以’，”Ming 耸耸肩，他说：“‘所以’这个连接词常常被误用，‘因为’‘所以’，好像每件事和另一件事都有严密的逻辑，其实，我只是‘回来了’，并没有因为什么，也没有因为和 Victor 分手。”

他看着自己草绿色的裤子上有一圈淡淡的黄色渍痕，以为是方才柳橙汁不小心滴上去了，用手去擦拭，才发现是一圈淡淡的阳光。冬日的阳光，透过巨大的玻璃，不知道从何处反射进一圈小小的光晕。他试图寻找反射的光源，四处寻找，却不可得。

“所以，你现在做什么呢？”

Ming 笑了，很灿烂年轻的笑容，他说：“我每天去健身，没有为什么，没有因为，没有所以。”

“所以——”他顽皮地说，“我练出了一身庸俗的肌肉。”Ming 捋起袖子，做作地展示了他粗壮的手臂。

“性欲在这个城市，一部分变成炫耀肌肉的族群，另一部分变成炫耀思想和阅读。”他指一指四周摆饰高雅展示贩卖的书，“书店，在另外一种意义上，和健身房没有两样，我想用庸俗的肌肉达成性欲，你也许想用阅读和思考，当然也可以是庸俗的。”

“我想在这个庸俗的城市做一个庸俗的市民，如同这个城市的领袖自己宣称的那样，接受一切流行的品牌，从超人漫画到各种异类宗教，从圣诞节的派对大餐，到青少年的滑轮鞋游戏，我们狂热地爱一件事物五分钟，平均对待每次的‘爱’，Victor，我们的‘爱’短暂到不如你的毒瘾——”

“Ming，你还好吗？”

在这个有了捷运以后的城市，他仍然渴望用非常古典的方式向每个人问好，“早安！”虽然他时常感觉到不可言喻的孤独，走在到处都在挖马路的街道边缘，许多临时搭建的工寮、陆桥、便道，使他不断寻找着墙上的指标。上升、下降、向左或向右，在这个庞大而纷杂的城市，他必须依靠许多指示才能找到方向。倘若他放弃了指标，任凭感觉走去，也并没有迷失的困惑，有时只是回到了原点，回到那个有着残疾人贩卖口香糖和报纸的陆桥下，他惶惑地看着残疾的人，觉得似曾相识。

在这个城市，人是不会迷失的：我们没有目的，只是任凭感觉走去，走到哪里，并没有坚持，当然也无所谓迷失。

今天，我想用我的肉体去爱每个人。从一九九三年的今天开始，我离开了十七岁，离开了那个退休演员的爱人，他在随波逐流中逝去后，我流浪去了许多地方，受母亲的苛责，和嗜毒者相依为命。

我把自己锻炼得十分庸俗的肉体，用来满足渴欲者的偷窥。他们在车站公共厕所的墙壁上钻了许多小孔，每个小孔可以容纳一个渴欲的眼睛，每个小孔的另一边展示有意或无意的肉体诱惑。

我脱去了绿色粗线的毛衣，我赤裸的胸部缓慢蠕动时，可以听到每个小孔背后喘息的声音，急促如动物的喘息，可以使你联想到一张一张在脏秽的墙上的脸。

我的肉体，如此庸俗，也如此贵重。

在许多粪便与排泄物的臭味中，我确定每个小孔都圣洁如中世纪的祭坛，在透着稀微光线的密孔的隔板背后，有领受各种罪的告解神父，聆听欲望，也安慰欲望。

我确信这二十二岁的身体是如羔羊一般圣洁的，可以在祭坛上被献祭，可以领受和宽容小孔背后每个孤独者的罪欲。

“所以——”他泪流满面的，“Victor，那张没有用完的电话卡，一直在我贴身背心的口袋。”

“所以——”

写给Ming的故事
在下个世纪并肩而行

冬日斜斜的阳光，

使柱子的阴影拉得如同夕阳中的废墟，

鸽子仍在蹒跚和啄食，

只有它们，从世纪初到世纪末都没有改变。

它们使废墟更显其荒凉吧，

还有那个独自玩滑板的少年。

第七天，他从巴塞罗那飞往巴黎。

在相隔甚远的故乡，正是农历的新年，他打了一通电话回去，给一个许久没有联络的女友，女友非常讶异，一直说："怎么可能！"他却在女友的惊叫声背后，听到一串一串鞭炮炸开的声音，使他想到童年以及故乡的种种。

之后，他选择了邻近阳光的位置，看外面停机坪广阔的空间，看飞机起降，以及缓缓地离开或驶入定点的位置。

"Frankfort!"一个穿白色长袍的北非人在转动的履带上向他大叫。

他摇摇头。这是第三个北非人向他询问法兰克福，他不了解，为什么那么多北非人今天要去法兰克福。

或者，今天也有很多人打电话回故乡，给相干或不相干的人，只为了听故乡新年鞭炮的声音吧。

Ming，你绝对不相信，我此刻坐在什么地方给你写信。世纪初巨大的新古典石柱笔直高耸，使空间显得壮伟而又理性。鸽子在巨大的柱基下啄食，漫步于柱石排列成的广场上。

冬日静静的阳光，使广场异常明亮。我想象世纪初诗人阿波里奈尔如鸽子般徘徊于这广场，歌颂城市和塞纳－马恩省河，歌颂新的工业和天空深情不去的云朵。

那个时候Picasso还非常忧郁，背着简单的行囊，草草在城市的北边安身了。他坐在街头，用西班牙人深黑郁热的大眼睛看街头瘦瘦的卖艺人，洗衣坊里皮包骨的女工，高高的颧骨，脸上透着冷青的蓝光。然而年轻的画家很充满自信地走在起伏不平的矮丘的山间小道上，他站在世纪初的船头，眺望一百年波澜壮阔的未来，信心十足，他说："城市，早安，我来了！"

Ming，我在世纪末对你的爱将和这个城市一起不朽或共同沉沦。

冬日斜斜的阳光，使柱子的阴影拉得如同夕阳中的废墟，鸽子仍在蹒跚和啄食，只有它们，从世纪初到世纪末都没有改变。它们使废墟更显其荒凉吧，还有那个独自玩滑板的少年。

少年穿铁灰色套头毛衣，卡其裤，尝试用各种跳跃的方法，使滑板一百八十度转弯，他纵跳如羚羊的脚，轻巧地带起滑板。转身，如一朵空中旋转的花，然后轻轻落下，仿佛越过险滩的急流之水，又平缓优美流去。

"日安！"他说，也许因为运动，使他净白如石的脸颊泛着鲜红的血色。

"日安！"我说，"你使这广场益发如同废墟了。"

"我的同伴都去了铁塔，但是，我喜欢这个广场，我可以在这些排列的柱子间练习难度高的动作。”

“下个世纪初时，你还不到二十岁吧？”

“二〇〇〇？”他想了一下，“十七岁！”他说。

“所以你可以大声向这个城市说：‘日安，我来了。’”

“好热啊！”他轻轻一个纵跳，从滑板上落地，脱去了灰黑的套头毛衣，里面是大红色短袖的T恤。

“喝一杯咖啡吗？”我说。

“谢谢！”他大步走来，一跛一跛，跛得非常严重，使他每一步向前，身体都完全向左前倾倒，但是他速度不慢，几乎是两三步就到了桌边。

少年跛足的行走，和他完美无瑕如一朵空中之花般在滑板上旋转纵跳的优美，使我有一些错愕吧。如同一名水手和我说：“海鸥不应该着陆的，它们在陆地上的笨拙，使我不能相信它们是海洋上如风般来去的美丽禽鸟。”

“所以，”少年说，“你要和世纪末的城市说：晚安？”

他跛足的姿态使我觉得此后一切都举步艰难了，我可以用这样难堪的步伐走向下个世纪吗？

Ming，我要和你在下个世纪一同老去。

我要放弃滑板上如花的美丽姿态，用跛足的艰难和你一同在下个世纪并肩而行。因为我把青春埋葬了，埋葬在这个世纪的每个角落。

角落里一个着紫色长衣的老妇人端坐在绿色的瓶花前，很深的紫、很腥的绿，她银白的头发剪得很短，齐眉剪成刘海，戴着暗黑的墨镜，使脸白如纸。没人知道她为什么拿着一把黑色蕾丝制的精致折扇，轻轻摇着，在这样寒冷的冬天，她以十九世纪优雅的仕女教养轻轻摇着折扇。

她使我想起第二世纪那个罗马皇帝哈德良，也是穿着华贵的只有帝王可以穿的紫色长衣，坐在镶嵌了珠宝和狮头的宝座上，寂寞地看着帝国的疆界。

“帝国的疆界——”他心里想，“帝国的疆界只是为了在每个角落埋葬和哀悼你的青春。”

在征服了底格里斯河以北到里海的土地之后，皇帝得知了他眷爱的少年安提诺乌斯猝死的消息，从此之后，哈德良所有的疆域，大罗马帝国无边无际的领土，都立起了少年的雕像，在马其顿、在德尔斐、在伊比利亚半岛、在亚洲的以弗所，少年的石像如同罗马的精魂，随着衰老的帝王，一起通过好几世纪的岁月，一起变成废墟，一起看西边夕阳的明灭，在皇帝举步维艰的时刻，仍然相信他帝国的疆域只是为了供奉一个少年的青春。

拍立得

于是在这次旅途中他为自己购买了一架拍立得相机。

他把那架比一般相机机身略大的铁灰色镶不锈钢盒子时时藏放在随身的背包中，他想，若是再次遇见那跛足的少年，他一定要用这相机，留下他美丽如花的在空中旋转的姿势，以及他落地时举步维艰的难堪步行。他要把这些真实的影像一一记录，还赠给少年，使他们在下个世纪相遇时，或许还能借此彼此相认。

“拍立得的相纸显相很快，但是不能保持长久。”

那个面色红润、领口打着黑蝴蝶结的侍者送咖啡时，顺便面露忧伤地警告了他，侍者说：“所有的影像都会在两三年内陆续褪淡，在二〇〇〇年，你所有在这一世纪的记忆都会褪淡成白纸，或者一点点不可辨认的、如鬼影般的暗示而已。”

“那又关你什么事？”他愤怒极了，把拍立得相机藏进背包。“我真是个傻子！”他一路踢着行道树的围栏，“我为什么走进那他妈的倒霉的咖啡店？我为什么要让那狗养的侍者看见我的拍立得相机？”

他一直走到河边，犹不能平静。那仿佛已经被诅咒的相机，在他背包里，鼓鼓的，好像仍时时提醒他，一切记忆的诡计都将白费心机。在二〇〇〇年，一交子夜的时刻，所有这一世纪的图像，都将如雪片一般融化掉，他的二十世纪，都将化成一片一片不复辨识的白纸。

冬日的河水仍如同夏日，潺湲悠缓，映照着明亮而又寒冷的阳光，没太留恋，也并不绝情地流下去。

河边那个凝视河水长久的女子听到一声一声悠远的铃声，她从大衣口袋中拿出手机，她说："是，是我，我在家啊……"她仍目不转睛看着河水问，"我在家，我在想上次我们去过的那个餐厅，那些盛放在碎冰上的生蚝，记得吗？那些衬垫着柔软海藻与昆布的扇贝，你说：我们夏天一起去西班牙吧，Jerome，我停不住回忆这些，我不能相信，你已经不在这个城市了，这个城市，到处都是你的记忆，你喜欢吃的甜点，你买内裤和袜子的小店，你骂过侍者的咖啡厅，冬天的阳光，很亮但是很寒冷——"

"Jerome 已经不在底片上了吗？如何冲洗都冲洗不出来。"

Ming 一步一步走回去，从深邃幽暗的相机镜头回溯到按快门的那一刻"咔——"他的记忆中，还有一个完整的图像，在那一刻成为了永恒磨灭不掉的一张照片。

"Ming，亲爱的。"Jerome 说，"我觉得我不应该把薇薇安一个人留在河边。"

"她有一部手机，你随时可以 Call 她。"Ming 说，"你随时可以跟她说：薇薇安，我要你回到我身边。”

“Ming！”Jerome 把他抱在怀中，他说，“Ming，在这个世纪的最后两年，我觉得，我们是可以彼此相爱的。”

“当然，我们可以一起搭捷运去剧院看戏，一起去星期日的市集买新鲜的牡蛎，还可以做什么？哦，对了，一起参加得艾滋病去世的朋友的葬礼，在墓地听牧师笑掉大牙的劝戒的哀悼词，甚至，我们可以尝试一起回家，在床上谈完街头示威的游行之后做爱，我们尝试在三个人的性爱里，颠覆人类习惯了一万年的两性传统——”

Ming 不了解，为什么 Jerome 泪流满面，他说：“我在编造一则神话吗？”

他决定即使拍立得相机里所有的影像都将是空白，他仍要努力拍摄，在世纪末变成许多记忆上的声音：“咔！”“咔！”“咔！”“咔！”“咔！”

走索者

在 Jerome 回去找薇薇安的时候，他拿着一张已经漫漶不可辨认影像的拍立得相纸，在复杂的城市巷弄中艰难行走，你当然知道，Ming，他要在这个城市找到那名曾经相遇的跛足少年。

“为什么要把头发剃光？”母亲生气地说。

他在镜子里看到头发剃去以后青灰的头皮处，露出一块杯口大的紫红色胎记。

“除了这块胎记，我和你还有任何关联吗？”他说。

“你可以仁慈一点吗？”母亲苍白着脸，“对这个城市里一个孤独的女人，你不能仁慈一点吗？”

他回过头，很深很深地拥抱了母亲。

“在故事结束以后，母亲——”他说，“我们都会回到那张空白的相纸上，我、你、Jerome、薇薇安，都在那张空白的相纸上，没有人可以辨认，但是，是永远不能磨灭的了。”

“但是，我找不回那个跛足的少年，那个在二〇〇〇年时十七岁的少年，他要向整个城市说：早安，我来了！”

那只静静在咖啡杯里搅动汤匙的手，那只以准确的动作拿起杯子，轻轻把杯缘靠近嘴唇的手，几千年来，那几根手指，学习着优雅的动作，从轻轻搅动咖啡，到准确地扣动枪的扳机，以及按下拍立得一瞬间不能错失的快门。

“薇薇安，听着——”Jerome 说，“在这个世纪的最后两年，你不觉得，我们——我、你、Ming，可以彼此相爱吗？”

薇薇安没有回答，她一直凝视着对岸一个穿黑斗篷的走索人。

走索人一跛一跛，每一步前行都非常艰难。他选了河岸边一盏路灯的柱子，在一人高左右的柱子上，正好有铁铸的一圈雕花图案，十九世纪末新工业的铸铁技术，留着很多古典的符号。走索人把绳索的一端系绑在雕花凹入的一圈中，把绳索扎紧，拉了一拉，用全身的力气，确定绳结稳定一如铸铁一般牢固。

“你要我帮忙吗？”薇薇安隔着河岸大声说，声音在冬天寂寥的河面上随流水震荡。

“不，谢谢，这件事需要自己来。”

走索人一跛一跛走向相隔大约十公尺的另一盏路灯。他每次跛足前倾的动作都使薇薇安想起那些东方朝圣的信徒，以五体投地的虔诚，一路顶礼膜拜走向心中的神祇。

“真是举步维艰啊——”薇薇安摇摇头，长叹了一口气。

但是走索人还是把绳子的另一端绑好了，他攀爬在灯柱上，以那萎缩如卷细的树枝一般的残疾的腿勾住灯柱，以双手的力量把绳结拉紧。一条绷紧的细索系在两根灯柱之间，好像数学中的一个符号，好像很确定的一条线，没有一点犹疑。

走索人拿出了化妆箱，用白粉把脸扑白，使自己在具体的空间里仿佛变成一种很抽象的存在，很空洞，没有空间，也没有时间。

“好安静的一张白脸——”

“像不像一张黑白照片——”

“跛脚可以在绳索上平衡吗——”

“你要卸去那有风的阻力的斗篷吧——”

当河岸两根灯柱间陆续聚集了一些围观的群众时，走索者果然卸了沉重拖地的黑色斗篷。他站立着，仿佛如少年般的身体，在紧身黑色的全套衣裤里，黑色的软鞋，黑色圆形软帽，一张惨白如纸的脸，左边的眼睛下画了一粒金色的泪珠。

他脱下软帽，向围观的群众弯腰行礼。

“你确定没有问题？”一名好心的年轻警员趋前询问。

“别担心……”走索人微笑着，在空中一个跳跃，旋转如花，群众齐声惊叹、鼓掌。他于是轻轻落地，做了一个跛足的姿态说：“我只有在陆地上举步艰难。”

大教堂的钟声响起，人群中欢呼着，彼此拥抱祝福，在千禧年来临的时刻，Ming 拿起拍立得相机，按下快门，补足了空白中遗失的跛足少年。

他仍然轻巧如羚羊，在绳索上旋转、跳跃，像 Ming 每年看过的马戏团中最好的空中飞人，似乎没有重量，使每个举步艰难的人都确信人类原本是可以飞翔的。

“咔！”“咔！”“咔！”

Ming 连连按下快门，他完全不知道为什么如此信心十足，确定在下个世纪，他、Jerome、薇薇安、母亲、跛足少年，以及这城市中的每个居民，都将如此成为永不磨灭的影像，举步艰难地一起并肩而行。

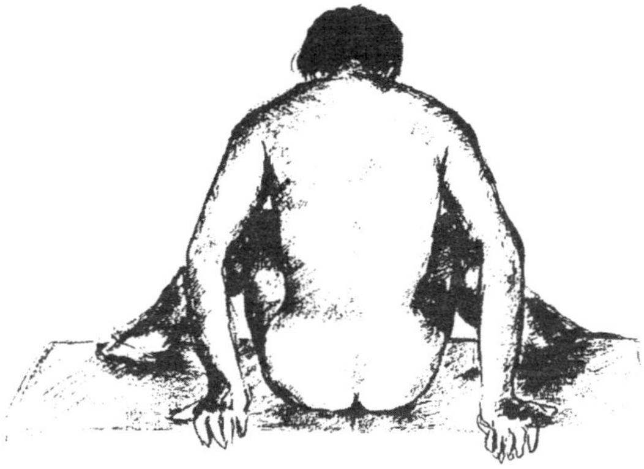

写给Ming的故事
绿色丝绒衬衫

那使每个电视前滥情妇女忽然啜泣起来的一句话，
是她们长久长久没有听到过的话了，
她们曾经在古老的格言中读过、
在中世纪的诗句中读过，
她们少女时如此渴望却终生未曾听过的一句话。

我应该如何叙述这一天的夕阳，如血殷红，在逐渐暗去的天际，在蓝如古印度女子眼眸的晴空里，仿佛最后的呐喊，叫到血和泪溅进，叫到天地如死一般庄严。

云层好像海中巨浪，一波一波涌向天际，推波助澜。在衰老的时刻，我的眼睛仍一刻不能离开这些色彩和光亮，仿佛载我飞翔而去的翅翼，努力冲上云霄，把鄙俗卑下的记忆留在上一个不愉快的冬天，连落叶、连你丝绒的长袖衬衫一起埋葬了。

“我从来不穿丝绒衬衫的，薇薇安。”他赌气似地嘟着嘴。

那件在阳光下闪着青绿色的丝绒，像一片柔软的湖水，四处晃漾流动，抓不住。

薇薇安就自己把衬衫穿上，把胸前一排贝壳扣子一一扣好，柔软的绿色湖水包围着她小小的胸部、小小的腰肢，她整一整衣襟，向他说：“怎么样，不错吧，为什么不试一试？”

“你知道，我穿惯了黑色！”

“那是你表演走索的时候——”薇薇安争辩着，“你不能在不表演的时候做另外一个人吗？”

“我不能——”他低头望着自己雪白的小腹，小腹下一丛蜜棕色的体毛，体毛下皱缩的阴茎，以及两边发展得十分悬殊的两腿。和粗壮结实如树干的右腿相比，他的左腿，除了髋骨部分隆起如一块巨瘤之外，从大腿到膝盖都和没有发育的三四岁儿童一样细小，而膝盖以下则是如藤蔓树枝一样蜷曲萎缩着。

他坐在凳子上，左脚搭在右脚上，好像乞求哀怜的表情。

“薇薇安——”他沉思了一会儿，“我觉得我们是不能相爱的。”

“为什么？”薇薇安轻轻抚摩着他残疾蜷曲的腿，她感觉到骨骼顽强地拒绝生长，好像忽然遇到严寒冷冻的植物，停止了生长的机能，肌肉也因此沉睡在骨骼上，很冰冷，没有弹性，感觉不到血脉的流动和细胞的活跃。

“你爱的其实不是我。”他说，“是那个在高空的绳索上旋转纵跳自如的走索者。你爱的是那个寒冷的冬天，那条不慢也不快地流着的河，河岸铸铁的路灯，以及你对 Jerome 的爱的迷惘——”

“不准提 Jerome！”她叫着。

“但是，你不止一次和我说 Jerome 和 Ming 的故事，我已经忘不掉了。我总觉得他们和我们一起住在这间屋子里，他们从来不曾缺席，和我们一起吃早餐，一起吵架、聊天，一起笑闹做爱，一起上街，我们四个总是在一起。有时候，只有我走在绳索上时，我觉得是一个人，好巨大的孤独，我真正是一个人，只有一条绷紧的笔直绳子，要我独自一人走去，那时候，我是真正一个人，真正寂寞着，在眼睛下面画着一粒闪闪发亮的金色泪珠。”

他持续坐在圆凳上不动，头微向左侧，剪得很短的平头，白白的一张脸，除了萎缩的左脚，全身都结实完美如一尊洁净的雕像。

薇薇安以全部的体温温暖着那条左脚，冰冷，没有血温，没有弹性，没有饱满起来的可能。薇薇安用力摩挲着，仿佛在死尸上渴望勃起的努力，如此认真，也如此沮丧。

“住手！薇薇安，住手——”他痛苦地叫起来。

“你觉得我在绳索上，像一个帝王，尊严自傲，但是，我不是，我是一个跛足的人，你应当很冷静面对我的跛脚，不要对它有任何幻想。”

薇薇安把扣子一粒一粒解开，脱下衬衫。青绿色的湖水一阵颤抖，好像被寒风拂过，好像被宰杀了的动物的皮毛，在地上一堆。

囚徒

当上个世纪婚姻的积习犹主宰着处处求新求变的城市，岛屿上的同性恋、异性恋、双性恋……仍然以笼统的概念被随便归类，包括以前卫自居的菁英分子也丝毫未能免俗。

“我只是爱你，非常具体的你，与性别无关、与年龄无关、与阶级教养皆不相干，我只是爱一个纯粹的‘个人’，你可以了解吗？”

在一排新古典的高大柱子间，那个衰老的男子以极疲倦的眼神望着少年。

我像被终身囚禁的囚徒，在小小密闭的小室，渴望墙上任何一个凹点或小孔，可以看见、听到、嗅到、触摸到另一个人的存在。

另一个人，还原到人最低限的元素，你懂吗？我没有说：男人、女人、老人、孩子、高贵的人、低贱的人——就只是一个人、一个身体、一个呼吸、一种体温、一种声音或气味。

“那也是一个被判终身囚禁的囚徒。”Ming 说。

“是的——”我说，“和我一样，也是一个终身囚禁的囚徒，我们彼此永不可能相见，在各自密闭的小室里，永无止境地彼此索寻。一点点铁链碰撞的声音、一点墙壁上的震动、一点点仿佛尿味的气息、一点渗透起来微湿的痕迹，比中世纪神话中囚禁的王子公主更深地彼此相爱着，是如此一生一世比邻而居，却永远不能相见的囚徒的爱。”

Ming 把他一张一张空白的相片摊在桌上，好像算命的人，认真沉思着纸牌的秩序，寻索命运的暗示。

“囚徒使我们所有的人都不自由了——”Ming 说，“我们选择性别、财富、教养、俊美或善良，我们何其功利，我们只是遵循着婚姻的积习，无爱也无渴望地活着，遵循完婚姻的积习，接着遵循生殖的积习，一代一代，无爱，也无渴望。”

所以当薇薇安恋慕起城市新的囚徒，消息传开来，婚姻积习族群便哗然了：

“他被判了五个死刑！”

“他如此凌辱女性！”

“他轻贱生命的方法不如禽兽！”

城市的中产阶级真正被威胁到的，其实并不是财富，有关财富，他们是可以挥金如土的。他们被威胁到的，也并不是生命，关于活着的意义，岛屿居民一向淡漠视之，他们轻贱生命，和集体掩埋猪或鸡的未全死尽的尸体并无太大的不同。

“那么他们惧怕什么呢？”

他无法忘记薇薇安神色自若地从人质中走出的表情，她在每个面色如死的警士们的仓皇里，如此平静镇定，她并且说：“我们还有来世的缘分。”

那使每个电视前滥情妇女忽然啜泣起来的一句话，是她们长久长久没有听到过的话了，她们曾经在古老的格言中读过、在中世纪的诗句中读过，她们少女时如此渴望却终生未曾听过的一句话。

岛屿上还有深爱囚徒的女子。

在我们安心地做庸俗的中产阶级的同时，有人这样背叛了我们，使大家一霎时惊慌失措了。

我们都被判了比囚徒的五次死刑更重的罪。而薇薇安怀着囚徒的孩子，从众多围观者中出走，神色自若，连最鄙俗不堪的媒体上的揣测都不屑一顾。

每个人都觉得被狠狠掴了一个耳光，加一句自己对自己的咒骂："多么下流的中产阶级。"

薇薇安在枪声后赶回现场。

地上一摊人形，黑色的巨大斗篷覆盖着如一朵萎谢的花的身体，"我想替他抹去脸颊上那粒金色的泪珠——"她哀求着。

"你是他什么人？"这是警员的职责。

"我是他的观众、爱慕者。"

"不是亲属吗？"

"是吧，我们彼此相恋、彼此倚靠。"

"但是——"警员仍犹疑着，"我不能改变现场，你知道，在检察官到来之前，我有职责保持现场。"

"即使一滴画上去的泪珠吗？"薇薇安悬念着那一滴泪珠，乃至自己哭了起来。

警员摇摇头，他拿出粉笔，熟练地在走索者尸体四周勾下了轮廓。

走索者的容貌和故事从此就只有在 Ming 的空白照片中才得以索寻了。

荒原

一直向北，视觉所及，都是冰雪的荒原，无边无际，白茫茫一大片一大片，不见树木，不见禽鸟野兽，不见任何生命的踪迹。

他把那件陈旧的绿丝绒衬衫折叠好，塞进箱子里去。

母亲把头发扎好，系了围裙，在砧板上细细地剁着肉馅。肉的气味在厨房里弥漫开来。

“还要剁很久吗？”他问。

“细一点比较嫩。”

“向北去是什么地方？”

“不清楚，”母亲停了一下，撩起掉下来的头发，“有人说是冰雪覆盖的荒原。”

“但是，春天时草木也发芽吧？”

“如果有死去动物的身体，土地总是肥沃的。”

“所以，你不希望我像你曾经爱过的走索者，只是从绳索一端走到另一端？”

“我没有说——”母亲微笑着，“这是你的世纪，你尽可以背上行囊，向众人告别，大声说：土地，我来了！”

“你也不希望我像你爱过的父亲，成为重罪的囚徒？”

“我没有意见——”母亲仍然微笑着，“身体是你的身体，你可以把它许诺给枪弹，也可以许诺给歌声。你可以用这个身体热爱一名少女，或拥抱一名嗜毒瘾的男子。Ming，你那张没有用完的电话卡在我床头的柜子左边第一个抽屉里。”

他亲吻了母亲，紧紧拥抱着，仿佛和解的恋人。他说：“母亲，在另一个地方，我会非常想念你。”

在城市里，能够告别母亲、独自走去荒原的男子是非常非常少了。

写给Ming的故事
谶语

我们的生命，没有档案可以搜寻，

我们活着，不在历史与记忆中，

我们活在一种全新的创造之中，

我们活着，为了呼唤新的世纪的出现。

席间的宾客忽然论及男子容貌的美，大家不约而同把话题指向了正夹起一只蟹脚的 H。

对席间所有目光的突然袭来感到尴尬吧，H 把蟹脚放下，腼腆地用双手掩住面孔。

“主要是因为眉毛比较清晰吧。”H 后来解嘲地这样向众人回答，聪明地避开了继续被讨论容貌的不安。

“为什么男子容貌的美被讨论时会有这种不安呢？”当我转述这个故事时，Ming 好奇地问我。

“也许长期以来，美没有被当成男人的价值吧。”

“是吗？”Ming 显然对我的回答非常不满意。

我无端想起两千年前那个古老帝国的君王，和他宠爱的男子睡在同一张床上。春日迟迟，君王在懵懂中醒来，看见仍在酣睡中的男子。那样沉静的面容，仿佛玉石的雕刻，那样清晰而缓慢的呼吸，像深夜的潮汐，一波一波，静静渗透在柔软的沙地，洁净如初生小鹿的额角，在初升的日光里仿佛蒙受了神的恩宠。

君王一刹那间有微微的心痛。

他自小的教育里，一向训示严厉禁止着对美的耽溺。

“美的耽溺将是帝国沦亡的先兆。”他的父祖辈及征聘来宣讲治国之道的教师们都这样说。

他陷入如死的静默，感觉到宫殿中除了日光迟迟的移动，没有什么声音。长久以来，为了防备刺客侵入宫廷，树也都被砍伐殆尽，他渴望从高高的宫墙上窥探一点点花开的讯息，也遥不可得了。

他在成年后，身体越显孱弱了。

没有人知道，那些上朝时男人身上粗浊的气味，使他屡屡作呕。“在锦绣的衮冕朝服包裹下，竟是发着恶臭的身体吗？”他难以想象地观察着。为什么忙碌于国政的大臣都如此粗蠢？他们的鼻头上有着疣类的脂肪疙瘩，他们镶着玉片的袍带辛苦地兜系着仿佛要爆炸开来的沉甸甸的肥大肚腹，他们鬼祟而且充满恨意的眼神，在阴谋与心机的暗影中闪烁不安。他们开口宣讲治国的道理时，浓黄的牙齿间残留着饭菜的杂渣，稍一靠近，一种浓厚的食物在胃中腐烂的气味就扑鼻而来。

他的确是越来越有肠胃耗弱的现象，御厨费尽心思做出各种精美菜肴，都不能使他改善食欲，他一日一日地瘦弱下去，不愿意上朝。朝臣们逐渐发现他的纵溺于美色，便传开了许多不利于帝国的传言。

是的，他的身边环绕一些美丽的女子与男子。

他在酣睡的少年身上看到帝国严厉禁止的美，如此肆无忌惮。那微微后仰的颈项，那刚刚长成的饱满无瑕疵的肩膀和胸膛，微微起伏的均匀的呼吸，“仿佛山脉或大地啊——”他叹息着，这肆无忌惮的青春，肆无忌惮的男子的美，压着君王宽大的袖子，他想起身，那酣睡的身体却仍然酣睡。他尝试拉一拉袍袖，却拉不动。“何时肆无忌惮啊！”君王微笑着，好像很满足于帝国被这样亵渎了，很满足于君王的权威这样被少年肆无忌惮的裸体背叛了。他想：“若是朝臣们看到了，又将如何议论呢？”他抽出了枕边锋利的匕首，匕首透露出一片冷酷的寒光，锋刃上映照出少年的侧面。君王看了一下，觉得自己心中似乎也有杀机。这匕首是可以轻易划过少年的颈项的，顷刻之间，就是血如泉涌吧。“朝臣们将如何鼓掌称快呢？”他因此将被赞扬为英明的君王吧，如此处决了宠幸的娈童，不耽溺于美色，他将在帝国的历史上留下另一种英名吧。

他有一点惨伤地笑了，好像在嘲讽自己的英名，嘲讽那些粗蠢而又满是心机的男子们撰写架构的历史。

“我让历史彻底被侮辱一次吧！”

他俯身轻轻亲吻了男子，随即挥刀断袖，刀过处，那君王彩色金线细细织绣的龙袍袖子，便永远被压在少年赤裸的身下了。

我为什么会想起这个至今历史上不敢面对的故事。

少年的美是可以肆无忌惮亵渎君王与帝国的权威的吗？

但是H的美其实不像董贤，H的容貌使我联想到的，也许是希伯来旧约里的以撒吧。

以撒

我从千里以外的东方来，徘徊于石块建筑的古城。在人类使用人子的诞生以为时间纪元的开始之前，在一片磐石之间，希伯来的君王们便以石头和羔羊的鲜血建造了牢固的城市。他们相信神在七天里造起了天地万物，他们相信神在创世的第七天，孤独而又疲倦，便以自己的形貌造了人。

“所以——”以撒看着年老的父亲说，“这是神拣选的城市吗？”

亚伯拉罕在年迈时获得了独生儿子以撒的故事，在族群中被传为美谈。他越发忠诚于信奉主，在每个旬日的祭事中，慎选最好的羊，在祭坛上燃起膏油的灯，以长篇的颂祷祝告神的恩典，以鲜红犹带着体温的羊血，祭献于神坛四周；干荒的石块，很快吸吮着鲜血，一阵风沙吹来，血迹干去，如盛放随即死萎枯去的红花。

一个繁华过、随即被历史遗忘的城市，很像血在祭献中流干的羊。颈项上留着张开的刀口，已经涣散的眼睛瞪视着一片茫然。少年的以撒常常在献祭中偷窥着死羊的眼睛，像一颗失去光芒华彩的宝石，使以撒感觉到死亡的力量。

“父亲，为什么总是以羊献祭呢？”以撒有一次这样问。

亚伯拉罕浑身打了一个冷颤，他以严厉的眼神阻止了以撒的问话。祭坛上一阵风卷起，仿佛以撒的问话已经招惹了神的诅咒；父子们沉默着，但已感觉到了不可抗拒的厄运的降临。

亚伯拉罕单独在夜里受到了神的旨意，很简短的旨意："明日以撒将为献祭。"

亚伯拉罕低头称颂主恩，他没有任何犹疑，"凡神赐予的，神都将收回。"亚伯拉罕相信神在老年赐他以撒，也将随时收回以撒。

亚伯拉罕次日带领以撒到山上，走在献祭的路上，以撒天真地问："为什么今日没有献祭的羊？"

亚伯拉罕低头不语，他或许有不可言喻的父亲将要亲手杀死儿子的痛苦吧，但是他是神忠诚的奴仆，他不应该对神的旨意有疑虑。

"以撒，以撒——"满头白发白须的老亚伯拉罕用粗麻绳捆绑了以撒，他拿出平日切割羊的喉管的匕首，捏住以撒的颈子，颤抖而苍老的声音说："神命我今日以你为献祭。"

以撒有一点茫然，他忽然想起羊死去时失去光亮的眼珠。他感觉到一种怖惧。尤其是父亲扭曲变形的脸，父亲嘶哑的声音，以撒想挣扎，想叫一声"父亲——"但是他的喉管被父亲紧紧捏住，他甚至无法呼吸。

那一瞬间，以撒在父亲刀光的闪烁下流下了泪水。他刚刚长成的少年的坚毅中，有一种不容被侮辱的倨傲；那一瞬间，以撒美极了。一种向死亡和无理质问的少年的美，使年迈的父亲又全身颤抖，手中的刀锋也停在了半空。没有任何原因使我在 H 的面容里想起了以撒，想起了在古老的石头砌造的祭坛上，那一度因为死亡而忧伤起来的少年的五官。

有什么原因，青春的美可以使最暴戾的神一时手软吗？有什么原因，在以撒濒临死亡的一刻，云间突然回荡起天使的歌声，从天上降下神的赦令，使信仰再次被巩固，使心惊胆战的信徒们暂时松了一口气，他们俯首感谢神恩，因为，“父亲终于不必亲手杀死儿子了。”

但是，Ming——在这乱石的山岗上，在许多信仰者感谢神恩的声中，我想念起以撒的瞬间，他应当永远记得：父亲是可以杀子的。在神或正义的借口下，父亲可以如此捏住儿子的喉管，可以一刀割断颈项，使血溅在祭坛上。以撒活下来了，但是，以撒沮丧地看着地上死羊的眼睛，那代替他成为祭品的动物，他已无法分辨自己与羊的差别。

“那些古老的以人作为祭品的年代并不久远，我们在各种形式里仍然是不同意义的祭品！”Ming 愤世嫉俗地指出以撒的悲剧。他说：“事实上，当少年董贤醒过来时，看到身体下压着帝王割断的袖子，他大笑了起来。他拿着那绣线斑斓的袖子当一种风中的幡旗，一种帝国耀武扬威时的标帜。他又用这片断袖遮着赤裸的下体，在宫殿中跑来跑去。他肆无忌惮地向那些在各个角落偷窥的儒者和畏缩的朝臣们说：你们看，这一片断袖，会让你们的历史一直被嘲笑，一直被嘲笑，一直到两千年以后……”

“所以以撒才是真正的悲剧？”

Ming 没有回答，他知道自己深爱以撒，是因为多次试图背叛父亲却终于不能背叛的彻底的沮丧与无能之感吧。

于是，他泪流满面，他说：“我需要可以依靠的身体。”

海洋之子

“好像在每个城市有可以停靠的港湾。”

当一个港湾漫天繁星，他决定在楼梯下方等待那宿命中的相遇。

他翻阅了一些有关摄影的书。

“我叫海洋——”他说，笑着，被阳光晒得很红的脸颊。

“在一个高楼上有可以眺望整个港湾的窗口——”我说。

“是吗？”海洋沉默了一会儿，“但是，我想去废弃的码头上邂逅喝酒的水手。”

他把摩托车骑到港湾外围，在一些灯光昏暗的酒馆里，仿佛久久没有离去的水手已经变成一种城市夜晚的幽魂。

“如果我是水手，我会在世界每个角落想念你。”

“我得先结束兵役，准备考公务员的考试，可能要和一个稳定的爱人维持一种稳定的生活——”

我在他的后颈项发现一些椭圆状的汗斑。他有极优美的肩膀，柔软而富于弹性的肌肉，连绵不断的微妙弧线，当我的指尖触过，仿佛春天在大地上呼唤起苏醒的记忆，仿佛风使海洋起了轻轻的战栗。

“怎么会有一个人的名字叫海洋——”我笑了。

海洋很像一个巨大的容纳泪水的咸池，很咸，把泪水在日光下曝晒，可以得出一层层雪白晶莹的盐来。

我觉得每粒盐都非常孤独，它们结晶成一种完美而寂寞的立方形状，好像一种顽固的寂寞，不愿意妥协了。只有遇到水，它们才会溶化，仿佛忽然想念起故乡，想念起很咸很咸、汹涌澎湃的巨大汪洋，它们一点一点溶化了自己，重新回复成一滴泪状的海水，慢慢汇流向那深凹而忧郁的故乡。

“OK。我就叫你洋子吧，有人知道是海洋之子，有人以为是日本人。”

“你以为我是为那些三姑六婆的窃窃私语活着的吗？”他脱去了长裤，在沙滩上奔跑了起来。

夜晚前西天的落日像醉酒的酡颜，洋子的裸体也被染得赤红。他在定点旋转了几次，要把假想中的一种圆形铁饼丢掷到远方，远远的地平线上，像正要坠落的圆而红的落日，他的旋转像希腊古代祭司的舞蹈，为了取悦于神，肉体要旋转到如花一般绽放，旋转到胎儿在母体中引起巨大的震动，旋转到灵魂从肉身中分离，汗和泪水洒落在祭坛四周，天地翻覆，日的光明和夜的黑暗颠倒。

“洋子——”

我知道那凄厉的呼叫是没有用的，洋子在不可知也不可见的界域。

“我同居的伴侣是一名修筑道路的人。”洋子说，“测试地质的状况吧，譬如：如何补强地脉的断层，如何在低洼的谷地架桥，如何修整山的坡度，使一条路适合汽车的行驶。”

“他占有你吗？”

“他占有我！”洋子忧伤起来，“他不知道一条路是无法占有的，路就是一直延伸和行走的意思。路穿过许多城市、许多村庄、许多春天开满花的林野，它不能占有，城市的繁华也好，村庄的寂静也好，连它最眷恋的开满花的林野，它都不能占有，它只是通过，它一旦停止，就不再是路了。”

洋子的腋窝下有一种夏天干草的气味。

气味会在记忆中留存许久许久，比形状、色彩、声音都要长久。在古埃及庞大复杂的法老王金字塔墓葬中，据说，离开肉身以后，在幽暗中四处飘荡的灵魂，埃及人称为“卡”，在数千年飘荡之后，会因为原来肉身一点一点释放的气味，找回到非常难以寻找到的肉身，使生命再度复活。

洋子，如果有一天，你身体上夏天干草般的气味我不复记忆了，我就在永恒阒暗的死亡之域成为永劫不复的飘荡的幽灵，被爱遗弃，被再生的复活遗弃，将是多么悲惨的形状。如同在繁华如星辰的港湾的灯光辉煌里，你依窗睡去。大船呜呜地呜叫着，低沉而忧伤的笛声，缓缓驶出港去。每个船上的水手记忆着一名娼妓肉体的气味离去。水手相信，一个城市的记忆，只是一名热爱过的女子肉体的记忆。汗湿或带咸腥味的暗郁如水草深处的阴户，或颈项间肉脂如发酸乳类的清香，或者，沸腾的麦秆水的辛锐热燥，在浓密如丛林的发根中释放。因此，凭栏眺望或冥想的水手都有不同回忆的表情。

“有一种是尿臊的气味。”一个年轻腼腆的水手说。

水手一拥而上，笑骂着把他按倒在甲板上，恶作剧的一名伙伴并且撒了一泡尿在他脸上。

这年轻的水手坐起来，拭去了尿液，在沉静如死的海上，仿佛天上的星辰都在倒转，他闻嗅了一下身上的尿味，忽然泪如泉涌，他第一次痛苦地知道，航行是为了要再回来找寻自己熟悉的气味，即使只是众人嘲弄为可笑的尿臊的气味。

慕尼黑

“慕尼黑为什么总是下着雨？”

水手走到广场，许多人顶着雨衣、雨伞，或者淋湿的报纸，围观一个叫 Eros 的乐团的演奏。

他抓住一个穿彩衣涂白脸的小丑，小丑递给他一份节目单，他摇摇头，说：“慕尼黑为什么总是下雨？”

“没有人能回答这么蠢的问题！”童年的时候，他的母亲每当他发问就这样指责他。

于是他越来越不在意没有人回答他的问题。

但是他寂寞得快要死掉了，他努力回忆那尿臊的气味，他甚至跑到广场一角，那些狗或夜归的流浪汉常常撒尿的路灯下面。他等着一只野狗尿完走掉，赶紧低头闻嗅，但是，“没有，没有——”他用力捶着金属冰冷的灯杆，他不能理解，为什么这下雨的城市没有了一点尿臊，连一点都没有，一点人体残留的最后体温与湿润都没有，一点记忆可能的联想都没有。

“我多么想念故乡的港湾啊！”乡愁原来是说一种对娼妓肉体气味的记忆。

摇滚乐的鼓声，电吉他，人声的吼叫，和哗哗的雨声交织。

没有人会听到水手在金属灯杆上撞击自己额头的声音。

血从额头上流下，他昏厥在灯下，雨水连同血水一起流成一滩。

一名男扮女装的过客，原来牵狗来撒尿，看到灯下一名水手，如圣塞巴斯汀，仰面翻倒雨中，额头上有血红的肿块伤痕，“和圣塞巴斯汀的箭伤不一样——”过客在前胸画了一个十字，俯身亲吻了水手，她（应该是他）低声怜悯地说：“我是薇薇安——天主保佑你！”

“薇薇安”是他女装时的名字，身份证明（他妈的身份证明！）上他的名字是“雅尼斯”，一个典型希腊移民的名字。

他把水手搀回家，狗在一旁愤怒地吠叫着。

“叫什么叫！闭嘴！”薇薇安对狗大吼一声，“认不得这是你爸吗？再叫老娘把你的蛋踹出来。”

狗嗫嚅地缩到一边，不敢再出声了。

薇薇安租赁的房子靠火车站，大约三十平方米，一间小小的卧室，塞了一个不成比例的豪华梳妆台，巴洛克式的曲线镜边装饰，涂着金粉，镶着一些彩色仿宝石的玻璃珠，粉红色的台面，置放着各式各样的假发、化妆品，各种保养乳液，睫毛膏、眼影小盒，一些纱质的假花、缎带，整个台面堆得琳琅满目，加上镜子的反映，使初进这卧房的人一阵眼花缭乱。

水手怔忡醒来，摸摸额头，缠裹了纱布，身上的衣服被剥光了，盖着一条乳白色镶蕾丝红丝带边的薄毯子，他动了动鼻子，觉得有一种尿臊味。

“是贝贝乱撒尿。”薇薇安抱歉地指指卧在一旁的狗。

水手似乎情不自禁流下了泪，但强忍着呜咽。

“哦，亲爱的——”薇薇安像母亲一般环抱着水手的头，不断像哄受惊的小孩一样说，“不怕！不怕！有薇薇安在，什么都不怕。”

“十五岁，我开始决定穿女装——”薇薇安说，“决定用自己选择的性别生活。”

“从宜兰南下，在南部著名的港都逗留了一星期，在一个妓女的墙壁上看到征船员的广告，试着打了一个电话。三天以后，检查了体格，他们说：啊！十五岁，长得已如大人一般魁伟健壮，我就被录用了。在上船前，写了一封家信给母亲，（父亲我是不要给他写信的！）在码头上看着西方的落日，哭了一回，然后就头也不回，坐在幽闭的船舱里，等船呜呜叫响。船身摇动，老船员在骂人，新船员坐着发呆，流眼泪，我就掏出烟，丢一支给那娃娃脸的小船员，跟他说：‘哭什么哭，娘儿们一样。’”

“从雅典搭船到意大利的贝林，在船上洗碗盘，没有薪水，供三餐，一个晚上可以蜷缩起来睡觉的厨房角落。睡着之后，会有一身胸毛的水手来摸你，一嘴羊奶酪和大蒜的气味，汗臭、热、船的锅炉轰隆轰隆的响声，海浪特别淫猥的摇荡方式，我觉得整个身体在摇荡中向下滑，好像要滑到深海里去，我便紧紧抓住那胖大的油腻身躯，感觉到他粗硬的胸毛一根一根刺进我的肉里——”

“在每个不同的港口嫖妓，好像在护照上盖章签证，你可以借这个原来完全陌生的肉体，进入一个领域，一个政权的领域，进入一个权力的范围，我和妓女一面做爱，一面讨论我的签证。妓女嗤之以鼻，嘲弄地说：操，我才不管你从哪里来，你的来历，你的来历对我是一个狗屁。TAi 什么？狗屁！你是哪里人，CHi？狗屁！你就是一个水手，爱打炮，我就是一个妓女，要赚钱。今天运气好，我比赚钱多爱你一点，你比打炮多爱我一点。你进入我的领域进入得很好，我欢迎你、拥抱你，让你的头睡在我的胸脯上，其他的，都是狗屁！我告诉你，我到哪个港口，都是妓女，你到哪个港口，都是水手。你说你上船的地方叫什么高？Kaohsiung，管他的，下次我就去那里做妓女。我不要签证，要签就签在我的下面，乳房上也好——妓女笑翻了！她说：你们的市长反对妓女？好极了，告诉他，不必这样讨好假兮兮的布尔乔亚。告诉他，他的妈、他的老婆，都是另一种形式的妓女，他的主任秘书当然也是！她说着又笑翻了！”

“巴黎的八月真是美极了，我从圣丹尼斯街往孚日广场去，很多外地观光客，有长得像犹太老教授的导览员在解说老建筑。离孚日广场还有一段路，我经过一个小公园，大约一百公尺见方，三面是石造的古代别墅，中间一个少女的青铜雕像，挺着胸，很自信地向前行走。公园里四周都是高大的榆树，开满了细碎的小花，白色带浅浅的青色，香极了。微微的风吹过，小花像雨，一阵一阵飘落，飘得很慢，好像渴望停止在空中。我看呆了，花掉落在我身上，我的长头发上，我的红色背心上，好像婴儿的手指，有意要打痛我，可是很轻，变成一种挑逗。地上铺满了一层落花，我很努力想记忆这香味，但是记不起来，或者生命里从来没有过，就像我的四处流浪，我的性别或爱情，其实从来没有过，我们却要硬生生从过去找一种记忆来说明，好像有了前例，我们就安心了。但是，我确定从来没有看过那个叫做‘薇薇安’的自己(不再叫雅尼斯的希腊男孩)，于是我决定开始以女装生活，决定自己叫薇薇安，决定自己不去孚日广场，我在预计的中途转了弯，我躺在公园的木条躺椅上，决定用薇薇安的角色小睡一会儿，让落花飘满，醒来之后，将是一个新的自己。”

“所以，你是薇薇安，不是雅尼斯？”水手发现他们赤裸地依靠着，仿佛，仿佛兄弟，或姐弟，像爱人，像母子——“究竟像什么？”他笑了起来，很认真地告诉薇薇安：“是过去记忆里从来没有的！”

我无法用记忆爱你，对我而言，你是全新的。

你是所有我爱过的人的总和，但你又是全新的。好像在上帝手中捏塑正要成形的人体，我们都是全新的。我们的生命，没有档案可以搜寻，我们活着，不在历史与记忆中，我们活在一种全新的创造之中，我们活着，为了呼唤新的世纪的出现。

他又笑了，他想起那个喜欢用“狗屁”作为口头禅的妓女，她说：“喜好建国的人，都背负了亡国的诅咒。”

“你说什么？”水手完全听不懂。

“那是希伯来的一句谶语。”她说，“我也不懂。谶语在没有发生以前是不会有人懂的。”

洋子，我想我们的游戏应该结束了，我们那么认真地爱过、忧愁过、思念过、嫉妒过，我们那么渴望对方，又害怕对方，我们像狡猾的狐狸一样，探寻彼此依恋和离去的气味。我们原来以为的爱，逐渐被狡猾的探寻取代了，那不是爱，是一直在试探离去的忧伤，因此，让我再拥吻你一次，如同晨起的帝王拥吻少年，如同年老的父亲拥吻即将被献祭的儿子，如同水手在每个告别港湾的前夜拥吻睡去的妓女。洋子，每种拥吻，都如同死亡前的告别，我仍然泪流满面了。

附录之一

评《因为孤独的缘故》

东年

清明透澈的理性和机灵深邃的趣味，使本书的阅读是一种愉快的享受。

在蒋勋的十七部著作中，有论著、艺术手记、诗画、札记、诗以及散文。这是他的第二本小说。以短诗和插画为小说破题，我们相信作者自己也享受了创作和才气纵横的乐趣。

本书总共收六篇小说（编按：指台湾时报版），探讨都市生活、社会运动和本土文化为题，但在广泛边际内密致地描绘人性的荒谬，欲于愚昧沉闷的灰彩中为读者裂开希望的罅隙，显然是作者的旨趣。

以诙谐轻松的形式暗藏严肃的主题，在中西文学都有伟大的传统和精彩的表现，当然佳作难得，因无丰富的智识、高度智慧，特别是对人的善意、诙谐幽默通常难免造作阴狠的结果。本书是个异数，以写实为主流的台湾小说创作中，这本小说另辟蹊径也值得说明。

孤独乃是一个人内在自我、与他人人际，以及外在社会总体关系失调的结果；身处当今世界，吾人或许需动用另一种思想的逻辑和知识的结构，一如书中所欲表白的。

——原刊一九九三年五月廿七日台湾《联合报·读书人》

附录之二

怪世奇谈／王德威

蒋勋以诗歌及艺术评论见知于文坛，小说并不是他以往创作的重心。数年前的《传说》，成绩仅属差强人意。《因为孤独的缘故》是蒋勋最新的一本短篇小说集，收有一九八九年到一九九二年的作品六篇(编按:指台湾时报版)，包括一篇权充代序的散文体小说《一只头颅》。这一回蒋勋应是探出一条属于自己的门路了。这六篇小说写光怪陆离的社会，写浮游社会里的幽幽魂灵，也写无所止息的欲望。蒋勋以诗人之笔作小说，他对叙事结构的掌握，也许还不完全得心应手，但他的想象，时有神来之笔，在为读者带来意外的惊喜。

这些小说都述说了什么样的故事呢？一只鹦鹉的离奇死亡事件，隐约透露出一座城市的躁郁情绪，及无可排遣的情欲（《热死鹦鹉》）；一位妇人陷身白画抢案里，拾得了九根手指头，舍不得她的钞票（《妇人明月的手指》）；政治煽动家在猪脚中找到野心的借口或救赎（《猪脚厚腺带体类说》）；在头发中发现意识形态与性的图腾（《安那其的头发》）；儿童的诡秘失踪现象，暴露了一个社会无可救药的败德症（《因为孤独的缘故》）。

蒋勋的小说天地充满了可嗔可怪的事物，令人侧目。而他竟以见怪不怪的从容笔触，述说着这一则又一则的怪现状，其间所形成的张力，遥拟卡夫卡式情境。在一个价值混乱，表象体系崩解的时代里，任何对现实的观察与模拟，终必导致观察本身的扭曲、模拟行为的质变。蒋勋以小说“形式”的怪，表达他不能已于言者的感慨与错愕。何以妇人明月（及周遭的人物）对物欲的亲近，竟胜过对身体发肤的痛惜？何以政客的悲剧与闹剧演出，是如此的错乱难分？何以一个社会对身体、情性的压迫，是这样的不近人情？安稳的写实叙述，不再能传递这些质疑。蒋勋以不写实的手法，嘲讽他所描述的社会，也嘲讽自己的写作情境：小说的荒谬其实哪里比得上现实的荒谬？

六篇小说及序文中的主要意象，都围绕着身体各个器官而发展。身体不只是新陈代谢的生理器官，它更是情欲流转的源头、礼教制约的基地、意识形态斗争的最后战场。俨然回应着傅柯（Foucault）对性与政治的隐喻，蒋勋好生地从生理器官中建构了他的道德象征体系。这一形而下的视野自然已含有嘉年华式的、反道统的欲望。然而蒋勋有关身体的故事都是断裂的、充血而无从发泄的、甚或虚假的。借着滚动的头颅，割断的手指，“昂扬而愤怒”的阳具，穿戴自如的“安那其假发”，喋喋不休的舌头，蒋勋告诉一则又一则不完整的身体寓言，无从衔接的社会论述。有黑色幽默（如《妇人明月的手指》，像极果戈理（Gogol）的故事如《鼻子》），也有感伤嘲弄（如《热死鹦鹉》《安那其的头发》），读来确是引人入胜。

而作为一本小说“集”而言，《因为孤独的缘故》也必质疑自身的完整有机性。

就小说技巧而言，写得最好的应属《热死鹦鹉》及《妇人明月的手指》。前者借一青年医士对(同性恋)情欲的挣扎，对知识的探索，写出一篇机锋处处的后现代生命即景。小说中那只被热死的学舌鹦鹉既富有性的象征，也突显蒋勋嘲弄当今学术的意图，是讨喜的安排。《妇人明月的手指》将社会传真改写成为道德寓言，冷隽讥诮之余不失对人性的矜惜。

另外三篇作品中，《安那其的头发》及《猪脚厚腺带体类说》各有所长。蒋勋对华而不实的政治人物，喧嚣不已的抗争活动，东施效颦的学术赶集，显然不耐。他巧为运用猪脚“厚腺带”说及头发崇拜狂的行径，调侃理想被物化后的荒唐。《因为孤独的缘故》从一个天真的中年家庭主妇的角度，侧写情欲世界的凶险与救赎。蒋勋揉合超现实的末世景观，恋童癖的阴暗威胁，及隐而未发的同性恋温情于一，用笔极险，也极有发展余地。唯小说实际成绩不过不失而已。

蒋勋这几年的诗及散文，善则善矣，但写了太多的欢喜赞欢、起灭劫毁，难免有画地自限之虞。《因为孤独的缘故》重现他早期诗作如《少年中国》《母亲》的棱角，亦不乏以后文字的机智趣味，读来自然予人耳目一新的感觉，值得推荐。

——原刊一九九三年七月四日台湾《中时晚报·时代文学》

附录之三

用小说解放被道德淹没的人性

朱恩伶

在文字创作的世界里，蒋勋活跃的范围广阔，他以诗歌吟诵年少的激情，用散文细说生活的情境，并用美学论述实践他对美的浪漫眷恋，却以小说关照社会，探索人性神秘的内心世界。

最近，他就以极具社会关怀的短篇小说集《因为孤独的缘故》令文坛惊艳，雷骧把其中的单篇《因为孤独的缘故》选入尔雅《一九九二年度小说选》，张照堂看完书以后直奔八里的蒋勋家中，说："真高兴看到你的心还这么年轻。"还有许多文化人兴致勃勃地猜测、讨论《热死鹦鹉》中鹦鹉死前留下的谜语"Hou-Xian-dai"，究竟是哪一个流行词语。据说到目前为止猜对的不到十人。

三年前，蒋勋辞去东海大学美术系主任的职务，做主任时他常常不得不注意外观与礼貌，勉强自己在某些场合穿西装，打领带，使他觉得自己越来越像中产阶级，因而感到相当不安。但是，作为一个创作者，应该要批判社会价值与社会道德，所以，他选择了创作的自由，结果这三年不仅成为他小说创作的丰收期，小说具有的角色转换的功能与特性，也帮助他解放了自己。

"这本小说是我投向台湾社会的一颗文化改革炸弹。"蒋勋说。大学时代主修历史的蒋勋始终没忘记梁启超的话，要与社会文化，就要先兴小说。所以，在《因为孤独的缘故》中，蒋勋用六篇短篇小说提出六种面对将来社会的多元化观点，每篇的结尾都是开放式的。小说虽然各自独立，但是从《安那其的头发》《妇人明月的手指》，到《猪脚厚腺带体类说》，甚至代序《一只头颅》，每篇都以某一个肢体作主体，象征台湾社会进入后工业时期，人与人间因为疏离，所有沟通都发生阻隔，仿佛大脑与肢体缺乏中枢神经的连系而连不起来，每个人都在孤独的世界中喃喃自语。

在芥川龙之介式的内心独白下，蒋勋运用电影导演布纽尔的超现实手法，及帕索里尼与阿莫多瓦的叛逆叙事方式，“喃喃自语”出台湾社会的种种病态，把被道德掩盖的人性解放出来。《妇人明月的手指》出自真实社会新闻事件，《安那其的头发》探讨一九九〇年三月中正纪念堂前的学生运动，《猪脚厚腺带体类说》是对屏东万峦的社会观察，《因为孤独的缘故》则触及儿童失踪社会现象与“恋童癖”的心理探讨……

从大学三年级发表第一篇小说《劳伯伯的畜牧事业》，引起文坛注意以来，小说始终是蒋勋的社会观察与关怀的呈现，也是生命经验的反省，《因为孤独的缘故》只是他计划中“来日方长”系列的一部分，还要继续写。有人觉得他的小说点出了台湾的超现实与荒谬，蒋勋却觉得这些小说之所以触目惊心，是因为这些荒谬现实太真实了。

——原刊一九九三年四月廿三日台湾《中国时报·开卷》

附录之四

酝酿一场情欲的叛变

张娟芬

蒋勋的散文以唯美著称，诗作悲悯，美学理论沉厚，最近集结成册的短篇小说集《因为孤独的缘故》，书名也浪漫得仿佛风花雪月；但展读才发现书页之间并非优美的灵思，而满是血、残肢和无尽的欲望。蒋勋以冷峻、疏离的写法来处理这些煽情的主题，因此书中出现的不是如喷泉涌出的鲜血，而是风干的血痕血渍；不是有肉感、生命力的身体，而是冰冻的断肢；不是欢乐解放的快感，而是理性撕扯，令人忧伤迷惘的感官经验。

这一系列小说写作的开始，约当是三年前蒋勋卸任东海大学美术系系主任的时候。七年系主任的行政工作和为时更久的美学理论课程讲授，引起他对自己的许多怀疑，例如行政工作使他每天从衣着到心理都发散出中产阶级的气息，而美学理论虽然越讲越娴热，却也令他厌倦自己老是以理性来分析、统御美感经验。蒋勋形容他有时一边滔滔不绝地讲课，心里却强烈觉得“有一种黑色的液体一直在分泌。”在《因为孤独的缘故》一书中，我们就可以清晰看见这些在实际生活中受压抑的深层情欲与感官经验，正从理性的缝隙里不受管束地冒出来，四处流布，酝酿一场情欲的叛变。

这场情欲叛变首先表现在小说结构的不完整上。《热死鹦鹉》里，色彩鲜丽、好夸耀、学舌“后现代”的鹦鹉，只在开头与结尾突兀出现，中段却全是年轻助手对老医师复杂的情欲剖白；《因为孤独的缘故》最末，对城市中的孤独感受最深的家庭主妇忽然对疏离的夫妻关系重燃希望，情绪也显得不连贯。

许多篇小说的暗喻也使读者有追问清楚的冲动。《安那其的头发》写学生运动，《猪脚厚腺带体类说》将台湾影射为自猪体硬生生斩断的猪脚，都令人好奇：这几篇小说是蒋勋表达理念的作品吗？如果是的话，他要表达的是什么呢？

对蒋勋而言，前述结构与暗喻的问题都不很容易回答。因为这一系列小说是在一个对理性反动的情境下写出来的，所以经常是“笔随意走”，情绪引导的成分多过理性构筑。比如《猪脚厚腺带体类说》一文，本来要写的是屏东万峦，结果却在写作中途发展出“现实”与“猪脚”的联想，是蒋勋自己也始料未及的。也有学生在读了《安那其的头发》之后频频追问：“那你到底是赞成还是反对学生运动呢？”其实他在下笔的时候，心里想的是自己一九六八年参与的法国学运。到底赞成还是反对？蒋勋说他被问傻了。“我只是觉得，人在年轻的时候必须要‘相信’什么，即使后来幻灭了也没关系。”

六篇小说中最冷峻的可能是《妇人明月的手指》。妇人明月在大街上失去了六十八万现金，以及紧紧黏附其上的九根手指；蒋勋以黑色幽默的方式不时让妇人明月只剩下一根大拇指的双手在我们面前晃动；他并不直接描述她的血与痛，但却让路人与警察的冷淡平静，悄悄激出阅读时隐隐的痛感。入选尔雅《一九九二年度小说选》的《因为孤独的缘故》，写作过程中的故事却十分温暖。源于对一位好友的关心，他本来想以一个恋童症男子为第一人称来写作这篇小说，但连续写了四、五篇都不满意，总觉隔了一层。这使他非常挫败："一个人毕竟没有办法完全理解另一个人。"最后，他以一个感官出奇敏锐的家庭主妇为第一人称，写出他对恋童症者的同情与宽容……虽然无法完全理解。

这本小说里数度出现天真愚直的女性角色，如《热死鹦鹉》里的杏子、《安那其的头发》里的叶子、《猪脚厚腺带体类说》里的庸俗浅薄的台岛女子等等。其实性别压迫在蒋勋的小说里不乏现象描述，如家庭主妇的孤立无援、单亲母亲的艰辛、革命行动中女性成员的边缘位置等等，只是都缺乏深入探讨，匆匆以娇嗔的抱怨（杏子、台岛女子）或愚骇的乐观（《因为孤独的缘故》中的家庭主妇）回避掉沉重的压迫。

蒋勋对感官经验有非常细致的描述。视觉以外，《因为孤独的缘故》中第一人称的这位家庭主妇的听觉，则尤其精彩：“……我甚至觉得他也听得到我的窃听，偶尔停下脚步，似乎在检查，那时我就心跳加速，仿佛被别人发现了自己不正的窃窥，赶紧正襟危坐起来。”虽然富含官能的描写，但干涩的思考段落在书中仍然随处可见；似乎涌动的情欲在酝酿一场反叛，但坚硬的头颅仍不放弃“努力在这城市的孤独中思索拥抱的意义。”

《因为孤独的缘故》正是以情欲与理性的纠结争执为主轴，开展出作者的自我挖掘与自我拯救。虽然许多社会性的、结构性的权力关系都在这本小说集中轻轻碰触、悄悄滑过，但作为一位创作者，蒋勋所展现的自省能力、诚实与勇气，毕竟已足以令人惊喜。

——原刊一九九三年六月号《诚品阅读》

新出图证（鄂）字 03 号

图书在版编目（CIP）数据

因为孤独的缘故 / 蒋勋著. -- 武汉：长江文艺出版社，2016.11（2020.7重印）

ISBN 978-7-5354-9162-6

Ⅰ. ①因 … Ⅱ. ①蒋… Ⅲ. ①短篇小说－小说集－中国－当代

Ⅳ. ①I247.7

中国版本图书馆 CIP 数据核字（2016）第231601号

著作权合同登记号：17-2016-319

由作者蒋勋独家授权，在中国大陆出版、发行中文简体字版本。

策　　划：刘　平　　　　责任编辑：张莹莹

封面设计：所以设计馆　　责任校对：许　罡

责任印制：张　涛

出版：长江出版传媒 | 长江文艺出版社

地址：武汉市雄楚大街 268 号　　邮编：430070

发行：长江文艺出版社

北京时代华语国际传媒股份有限公司　（电话：010-83670231）

http：//www.cjlap.com

印刷：北京中科印刷有限公司

开本：880毫米×1230毫米　1/32　印张：6.5

版次：2016 年11月第1版　2020 年7月第3次印刷

字数：150千字

定价：48.00 元